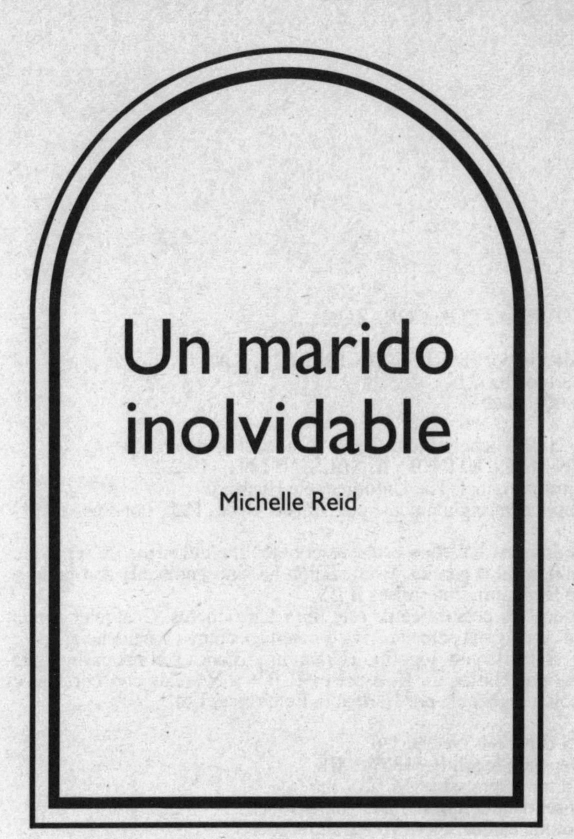

Un marido inolvidable

Michelle Reid

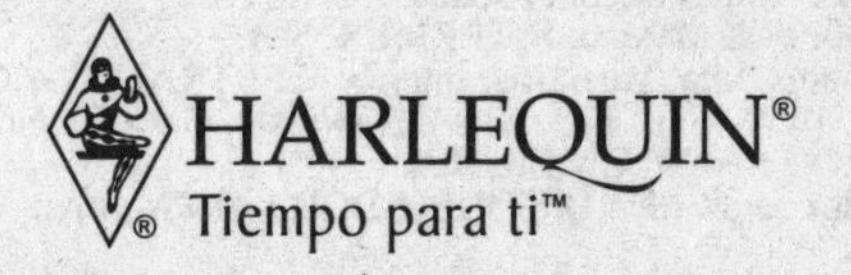

NOVELAS CON CORAZÓN

Editado por HARLEQUIN IBÉRICA, S.A.
Hermosilla, 21
28001 Madrid

UN MARIDO INOLVIDABLE, Nº 1293 - 13.2.02
Título original: The Unforgettable Husband
Publicada originalmente por Mills & Boon, Ltd., Londres.

I.S.B.N.: 84-396-9351-6
Depósito legal: B-51857-2001
Editor responsable: M. T. Villar
Diseño cubierta: María J. Velasco Juez
Fotomecánica: PREIMPRESIÓN 2000
C/. Matilde Hernández, 34. 28019 Madrid
Impresión y encuadernación: LITOGRAFÍA ROSÉS, S.A.
C/. Energía, 11. 08850 Gavá (Barcelona)
Fecha impresión Argentina:10.6.02
Distribuidor exclusivo para España: LOGISTA
Distribuidor para México: INTERMEX, S.A.
Distribuidores para Argentina: interior, BERTRAN, S.A.C. Vélez Sársfield, 1950. Cap. Fed./ Buenos Aires y Gran Buenos Aires, VACCARO SÁNCHEZ y Cía, S.A.
Distribuidor para Chile: DISTRIBUIDORA ALFA, S.A.

Capítulo 1

ANDRÉ Visconte estaba sentado tras su escritorio, con los pies apoyados sobre este y un vaso de su whisky favorito en la mano.

Era tarde y estaba cansado, de manera que tenía los ojos cerrados. Debería haber ido directamente a casa después de asistir a la inauguración del restaurante de un amigo, pero en lugar de ello había decidido acudir a su oficina. Esperaba una llamada de París y le había parecido más razonable acudir allí que a su casa, pues el despacho estaba más cerca .

Además, su hogar ya no tenía el más mínimo atractivo para él.

Alguien había dicho alguna vez que el hogar de una persona estaba donde estaba su corazón, pero André había llegado a la conclusión de que él carecía de corazón, de manera que su hogar era cualquier lugar en el que pudiera descansar. Y, dependiendo de dónde estuviera, eso normalmente significaba alguna de las residencias que poseía en las principales ciudades del mundo. Pero lo cierto era que, al margen de su apartamento en Nueva York, apenas había puesto los pies en las demás durante los pasados meses, aunque sus casas eran perfectamente atendidas durante todo el año por si decidía dejarse caer por alguna.

O por si decidía hacerlo Samantha.

Samantha... Los dedos que rodeaban el vaso de whisky se tensaron y la boca de André adquirió una expresión de tal cinismo, que cualquiera que lo hubiera visto habría salido corriendo.

Porque hacía un año que André Visconte no era conocido precisamente por su buen humor.

No era el mismo desde que Samantha había desaparecido de su vida. Solo un estúpido se habría atrevido a pronunciar su nombre en alto delante de él, y ya que los estúpidos no eran tolerados en el imperio Visconte, a nadie se le ocurría hacerlo.

Pero André no podía evitar que el nombre de Samantha resonara en su cabeza alguna vez, y cuando sucedía, era difícil frenar la oleada de emociones que lo acompañaba. El dolor era una de ellas, además de una sorda rabia dirigida por completo hacia sí mismo por haber permitido que Samantha se alejara de él.

También tenía que enfrentarse a momentos de angustiosa culpabilidad, y a otros de terrible preocupación por lo que hubiera podido ser de ella. Y la amargura que le producía saber que había sido capaz de dejarlo le hacía desear no haberla conocido nunca.

Pero sobre todo sentía dolor, un dolor de tales proporciones, que a veces tenía que esforzarse por no gemir en alto cuando se apoderaba de él.

¿Por qué? Porque a veces la echaba de menos tanto como si se hubiera quedado sin aire para respirar.

Esa noche había sido una de esas ocasiones. Durante la inauguración del restaurante, había logrado divertirse un poco; incluso había logrado reír... Pero entonces había visto a una mujer pelirroja que le había recordado a Samantha y su humor había pasado al otro extremo.

Después de eso había decidido escapar y refugiarse en algún lugar en que nadie pudiera verle rumiando sus penas. Pero la odiaba por hacerle sentirse así.

Vacío. La palabra era «vacío».

Dio un largo trago a su whisky con la esperanza de que este le hiciera olvidarla, pero fue inútil. La imagen de Samantha permaneció en el fondo de sus ojos, sonriéndole provocativamente.

Su estómago se contrajo. Su entrepierna se tensó. Su corazón empezó a latir más rápidamente.

–Bruja –murmuró.

Doce meses. Doce largos, tristes y angustiosos meses sin tener noticias de ella, sin ni siquiera saber si estaba viva. Samantha había desaparecido de la faz de la tierra como si nunca hubiera vivido en ella.

El timbre del teléfono sobresaltó a André. Reacio, dejó el vaso en el escritorio y descolgó el auricular.

–Visconte –dijo en tono ronco.

Se sorprendió al oír la voz del director de su empresa en Inglaterra en lugar de la de su hombre en París.

–¿Nathan? –frunció el ceño–. ¿Qué diablos...?

Fuera lo que fuese lo que le dijo Nathan Payne, hizo que André reviviera al instante. Sus ojos destellaron a la vez que se ponía rápidamente en pie.

–¿Qué...? ¿Dónde...? –exclamó–. ¿Cuándo...?

Desde el otro lado del Atlántico, Nathan Payne comenzó a hablar en frases rápidas y precisas que hicieron que André se pusiera blanco como una sábana.

–¿Estás seguro de que es ella? –preguntó cuando Nathan terminó.

La respuesta afirmativa hizo que volviera a sentarse lenta y cuidadosamente, como si tuviera que calcular con total precisión cada movimiento que hacía por si de pronto se quedaba sin fuerzas.

–No, estoy seguro de que no podrías –respondió a algo que dijo Nathan. La mano que había alzado para cubrirse los ojos temblaba ligeramente–. ¿Cómo ha sucedido?

La explicación le hizo terminar su whisky de un trago.

–¿Y lo viste en el periódico? –no podía creerlo. No podía creerlo en absoluto.

Samantha... Ladeó su oscura cabeza mientras un conocido dolor lo recorría.

–¡No! –respondió a una sugerencia de Nathan–. Limítate a observarla, pero no hagas nada más –volvió a ponerse en pie rápidamente–. Salgo para allá ahora mismo. ¡No la pierdas de vista hasta que llegue!

El auricular golpeó su base con un ruido seco. Un instante después, André salía del despacho.

Samantha vio que el hombre había vuelto. Ocupaba la misma mesa que el día anterior y la observaba con un disimulo que indicaba con claridad que no quería que supiera que lo estaba haciendo.

Samantha no sabía por qué.

No lo reconocía. Su rostro perfectamente afeitado no despertaba ningún recuerdo, ningún indicio que indicara que tal vez lo hubiera conocido en otra época, en otro lugar, en otra vida, tal vez.

Otra vida...

Reprimió un suspiro y se volvió para preparar la

orden de bebidas que acababa de darle Carla. Sirvió ginebra en dos vasos mientras con la otra mano tomaba dos botellas de tónica.

–Pareces una auténtica profesional –comentó Carla en tono irónico desde el otro lado de la barra.

«¿Será cierto?», se preguntó Samantha mientras colocaba las bebidas en la bandeja. «Tal vez se trate de una habilidad perteneciente a esa otra vida que no puedo recordar».

–¿Quieres cervezas de barril o botellas?

–Botellas, claro... ¿Te encuentras bien? –preguntó Carla con el ceño fruncido, pues Samantha solía ser dada a bromear siempre que surgía la oportunidad.

–Solo estoy un poco cansada –contestó Samantha mientras se alejaba cojeando hacia el refrigerador para sacar dos botellas de cerveza. Su respuesta estaba justificada, ya que ni ella ni Carla deberían estar trabajando en el bar del hotel esa noche. Oficialmente, su trabajo consistía en atender la recepción, pero el hotel estaba en las últimas, apenas hacía negocio y sus escasos empleados debían acudir allí donde eran necesitados.

Como aquella semana, por ejemplo, en la que Carla y ella estaban doblando la jornada para atender la recepción durante el día y el bar por la tarde.

Pero eso no significaba que estuviera tan cansada como para imaginar un par de ojos clavados en ella cada vez que se volvía. Volvió cojeando con las dos botellas de cerveza y miró de reojo al desconocido, que apartó de inmediato la vista.

–¿Sabes quién es el hombre que está sentado solo? –preguntó a Carla.

–¿Te refieres al tipo atractivo y acicalado con el

traje de Savile Row? –al ver que Samantha asentía, contestó–: Se llama Nathan Payne y ocupa la habitación doscientos doce. Llegó anoche, cuando Freddie estaba en recepción. Parece que está aquí por un asunto de negocios, cosa que no me sorprende, pues no puedo creer que un hombre como él haya elegido por voluntad propia este lugar para pasar las vacaciones.

El tono despectivo de Carla fue evidente, y Samantha no hizo nada por discutírselo. Aunque el hotel se hallaba situado en un precioso lugar de Devon, estaba tan deteriorado y descuidado, que no le extrañó nada que su compañera hiciera aquel comentario.

–Corre el rumor de que trabaja para una importante empresa hotelera –continuó Carla–. La clase de empresas que compran hoteles como este y lo convierten en un complejo de vacaciones moderno, como los que se ven a lo largo de la costa.

¿Sería eso lo que estaba haciendo? ¿Comprobar el estado del hotel, no observarla a ella? Samantha sintió un inmediato alivio.

–No hay duda de que a este lugar le vendría de maravilla un buen lavado de cara –comentó.

–Espero que no a costa de nuestros trabajos –dijo Carla–. El hotel tendría que cerrar para renovarse, ¿y dónde nos dejaría eso a nosotras? –preguntó en tono sombrío antes de alejarse con la bandeja.

Samantha se quedó pensando en las palabras de su amiga. ¿Qué iba a hacer si el hotel cerraba? Era posible que el Tremount fuera un lugar viejo y descuidado, pero había sido como un salvavidas para ella cuando había necesitado uno. No solo trabajaba allí, sino que vivía allí. El Tremount era su hogar.

El desconocido se fue bastante temprano. Hacia las

nueve miró su reloj, se levantó y salió del bar. Su forma de hacerlo fue muy resuelta y decidida, como si fuera a algún lugar especial y llegara tarde.

Un suspicaz Freddie lo confirmó unos minutos después.

–Ese tipo del grupo Visconte se ha ido a toda prisa –dijo–. Ha salido del hotel y ha montado en su coche como si lo persiguiera el diablo.

–Supongo que no soportaba la idea de pasar una noche más compartiendo el baño con otros ocho huéspedes –dijo Carla con ironía.

–Más que huir daba la impresión de que iba a reunirse con alguien –dijo Freddie–. El tren de Londres llega a las... ¿Samantha? –se interrumpió de pronto–. ¿Te encuentras bien? Te has puesto un poco pálida.

Samantha se había mareado un poco al oír el nombre «Visconte». Por un instante, había creído reconocerlo, cosa que era toda una novedad, porque los nombres nunca solían significar nada para ella.

Ni los nombres, ni los lugares, ni las fechas...

–Estoy bien –dijo, y sonrió–. ¿Quieres tomar lo de siempre, Freddie? –preguntó en tono desenfado.

Pero el nombre permaneció con ella el resto de la tarde. De vez en cuando pensaba en él y entraba en un extraño trance. ¿Sería un recuerdo, un breve destello de su pasado?

Si era así, debía comprobarlo. Y ya que el nombre «Visconte» estaba ligado al desconocido, decidió interrogarlo en la primera oportunidad que tuviera, porque, si no lo intentaba ella misma, ¿cómo iba a llegar a averiguar alguna vez quién era?

La semana anterior, el periódico local había vuelto a sacar su foto junto a un artículo en el que se explicaba su situación, pero nadie había acudido a interesarse por ella. La policía había llegado a la conclusión de que debía estar sola en el mundo y de vacaciones en Devon cuando sufrió el accidente. El coche que conducía había quedado calcinado hasta el extremo de que solo habían podido deducir que se trataba de un Alfa Romeo rojo. No habían recibido informes sobre un Alfa Romeo perdido ni sobre una mujer desaparecida conduciendo un Alfa Romeo.

A veces se sentía como si realmente hubiera muerto en aquella solitaria carretera la noche que el camión cisterna chocó con ella y hubiera resucitado varias semanas después como un ser humano completamente distinto.

Pero no era una persona distinta, se dijo con firmeza. Solo era un ser humano perdido que necesitaba encontrarse a sí mismo. Ya que no tenía otra cosa, debía aferrarse con todas sus fuerzas a aquella idea.

A las once de la noche se vació el bar. Samantha frotó su dolorida rodilla y terminó de recoger la barra. Una hora después, estaba en la cama, y a las ocho y media de la mañana, tras pasar una inquieta noche soñando con demonios y dragones, estaba trabajando en recepción con Carla.

Ese día se iban muchos clientes, de manera que había mucho trasiego en el vestíbulo del hotel, pero Samantha se mantuvo atenta por si veía al señor Payne, decidida a hablar con él si surgía la oportunidad.

Y la oportunidad llegó a la hora del almuerzo. Samantha estaba anotando los datos de un nuevo huésped cuando alzó la mirada y vio que el señor Payne entraba en el vestíbulo. Decidió aprovechar la oportunidad de inmediato.

–Discúlpame un momento –dijo a Carla, y salió del mostrador de recepción.

Estaba a punto de avanzar cuando vio que otro hombre entraba en el vestíbulo y se detenía junto al señor Payne.

Ambos eran altos y fuertes y ambos vestían la clase de trajes que solo se encontraban en sastrerías de primera. Pero el recién llegado era más alto y más moreno, y, al verlo, Samantha sintió un escalofrío que le impidió acercarse.

Mientras lo observaba, vio que sus ojos oscuros miraban con impaciencia a su alrededor. Había tensión en él, una inquietud tan contenida, que se reflejaba a lo largo de su firme mandíbula como si estuviera apretando y aflojando los dientes continuamente.

De pronto, sus miradas se encontraron... y el hombre pareció horrorizado. Samantha pensó que no le gustaba lo que estaba sucediendo y, mientras sentía que se le hacía un nudo en la garganta, pensó que tampoco le gustaba aquel hombre. No podía respirar, no podía tragar. Incluso su corazón se detuvo un instante para volver a latir con renovada energía contra su sien derecha.

Como si hubiera percibido lo que le estaba sucediendo, la mirada del hombre ascendió hasta su sien. Al ver que se estremecía, Samantha recordó la pequeña cicatriz que tenía allí y alzó instintivamente una mano para cubrirla.

El hecho de verla moverse pareció impulsar al hombre a hacer lo mismo. Al ver que avanzaba hacia ella, Samantha empezó a sudar. El vestíbulo pareció convertirse en un túnel en cuyos extremos solo estaban ellos y que se iba estrechando según el hombre avanzaba. Para cuando se detuvo ante ella, Samantha sentía que estaba a punto de ahogarse.

Era grande... demasiado grande. Demasiado moreno, demasiado atractivo, demasiado... todo. La abrumaba con su presencia, con la cautivadora mirada que ardía en sus ojos.

«No», protestó ella en silencio, aunque no sabía por qué estaba protestando.

Tal vez había hablado en alto, porque él se puso pálido de repente y su mirada se oscureció visiblemente.

–Samantha –murmuró con voz ronca–. Oh, Dios mío...

Samantha se desmayó. Con su nombre aún resonando en su cabeza, cerró los ojos y cayó como un peso muerto sobre la alfombra del vestíbulo del hotel.

Capítulo 2

DURANTE los largos días y semanas que había pasado en el hospital nunca se había desmayado. Durante los aterradores meses que había durado su lenta recuperación nunca se había desmayado. Durante los doce meses pasados había rogado con fervor para encontrarse con alguien que dijera su nombre.

Sin embargo, cuando por fin alguien lo había hecho, se había desmayado.

Samantha recuperó la consciencia pensando confusamente en todo aquello. Se encontraba tumbada en uno de los sofás del vestíbulo y Carla estaba agachada junto a ella, sosteniéndole la mano. Un murmullo de voces la rodeaba.

–¿Estás bien? –preguntó Carla con ansiedad en cuanto vio que su amiga abría los ojos.

–Me conoce –susurró Samantha–. Sabe quién soy.

–Lo sé –asintió Carla con delicadeza.

El desconocido apareció de pronto tras su hombro. Aún parecía demasiado grande, demasiado moreno, demasiado...

–Lo siento –dijo con voz ronca–. Verte ha supuesto tal conmoción, que he actuado sin pensar –se interrumpió, tragó con evidente esfuerzo y añadió–. ¿Te encuentras bien *cara*?

Samantha no respondió. Su mente estaba demasiado ocupada tratando de asimilar el atemorizador hecho de que aquel hombre parecía conocerla, mientras que para ella él era un completo desconocido. No era justo... ¡no lo era! Los médicos habían hablado de la posibilidad de que una conmoción como aquella le hiciera recuperar la memoria.

Pero no había sido así. Una intensa decepción hizo que volviera a cerrar los ojos.

–No –rogó él con aspereza–. Samantha... no vuelvas a desmayarte. No estoy aquí para... –alargó una mano y la tocó en el hombro.

Los sentidos de Samantha enloquecieron, provocándole una oleada de pánico que la hizo erguirse casi con violencia.

–No me toques... –dijo, temblorosa–. No te conozco. ¡No te conozco!

El hombre masculló una maldición y en ese momento apareció a su lado el señor Payne, que murmuró algo en italiano. El otro hombre contestó en la misma lengua, luego giró sobre sus talones y se sentó con brusquedad en una silla cercana, como si acabara de quedarse sin fuerzas. Solo entonces se le ocurrió a Samantha que, si de verdad la conocía, él también debía estar conmocionado.

Carla le ofreció un vaso de agua.

–Bebe –dijo en tono imperativo–. ¡Tienes un aspecto terrible!

El desconocido alzó la cabeza y miró a Samantha a los ojos. Por un momento, ella sintió que se hundía en su oscura profundidad, como atraída por algo más poderoso que la lógica. Confundida, apartó la mirada y se cubrió el rostro con una mano mientras trataba de controlarse.

–¿Está bien?

–¿Qué le ha pasado?

–¿La ha molestado ese hombre?

Oír aquel barullo de preguntas hizo recordar a Samantha que había otras personas presentes.

–Sácame de aquí –susurró a Carla.

–Por supuesto –dijo su amiga, comprensiva, y se irguió antes de tomar el brazo de Samantha para ayudarla a levantarse. Fue una ayuda providencial porque, en cuanto se puso en pie, Samantha sintió una punzada de dolor en la rodilla que le hizo gemir de dolor.

Carla frunció el ceño.

–Al caer te has golpeado la rodilla mala contra la esquina de la mesa –explicó mientras señalaba la falda azul marino de Samantha, que acababa justo por encima de su rodilla–. Espero que no te la hayas dañado más.

Samantha apretó los dientes y empezó a caminar cojeando hacia una puerta en la que había una placa que decía Sala de Personal.

El desconocido se puso en pie de inmediato.

–¿A dónde vas? –preguntó con aspereza.

–A la sala de personal –respondió Samantha y, reacia, añadió–: Puedes venir si quieres.

–Desde luego que quiero –replicó él, y se movió para seguirlas, pero se detuvo enseguida y miró a su alrededor–. ¿Sois las dos únicas personas encargadas de atender la recepción? –preguntó.

Norteamericano. Su acento era norteamericano, pensó Samantha, confundida, pues acababa de oírle hablar en italiano con Nathan Payne.

–El director está de viaje –explicó Carla–. Voy a acompañar un momento a Samantha y enseguida vuelvo.

–¡No! –protestó Samantha a la vez que estrechaba convulsivamente la mano de su amiga–. ¡No me dejes sola con él! –susurró, sin preocuparla si el desconocido la oía y se ofendía.

–De acuerdo –dijo Carla, aunque con expresión preocupada. Aquel era el día más ajetreado de la semana en recepción, y no podían abandonarlo las dos a la vez así como así.

–Nathan –incluso Samantha, en su estado de conmoción, percibió la autoridad que había en el tono de aquel hombre cuando hablaba así–. Ocúpate de la recepción –al ver la expresión insegura de Carla, añadió–: No te preocupes. Sabe lo que hace. Vamos ahí, ¿no? –preguntó a la vez que señalaba la puerta que había junto al mostrador de recepción.

Samantha asintió y tuvo que morderse el labio inferior para no volver a gemir de dolor cuando empezó a caminar. El hombre las siguió tan de cerca que casi pudo sentir su aliento en la nuca.

Se estremeció y deseó que se alejara un poco para darle tiempo de recuperarse y pensar. No quería que estuviera allí. No le gustaba. No quería que le gustara... Pero, teniendo en cuenta que aquel hombre podía ser el enlace con su pasado, era una estupidez reaccionar así.

Una vez sentada en una de las sillas de la sala de personal, Samantha pidió a Carla que fuera a su cuarto por unos analgésicos. El desconocido ocupó una silla junto a ella. Al percibir el calor de su cuerpo y su ligero aroma a loción para el afeitado, Samantha tuvo que hacer verdaderos esfuerzos para no apartarse de él.

–¿Duele mucho? –preguntó él a la vez que señalaba su rodilla.

–No, no mucho –mintió Samantha.

–¿Te heriste la rodilla de gravedad en el accidente?

Ella lo miró sin ocultar su sorpresa.

–¿Sabes lo de mi accidente?

–Si no lo supiera, ¿cómo iba a haberte encontrado?–replicó él, enfadado.

Samantha se estremeció al oír su tono. Él suspiro y se inclinó hacia ella.

–Lo siento –dijo–. No pretendía hablarte así –al ver que ella no decía nada, siguió hablando–. Nathan estaba inspeccionando unas propiedades que hay por aquí. Vio el artículo sobre ti que apareció en el periódico local y reconoció tu foto. No podía creerlo, ni yo tampoco cuando me llamó a Nueva York para... –las palabras parecieron bloquear su garganta y tuvo que tragar.

–¿Quién es Nathan? –preguntó Samantha.

Él la miró con dureza.

–¿No crees que ya es hora de que preguntes quién soy yo? –sugirió.

Samantha negó enfáticamente con la cabeza. Era extraño, y no sabía exactamente por qué, pero todavía no se sentía preparada para saber quién era.

–Ese hombre... Nathan –insistió en lugar de contestar–. Se ha quedado aquí estos últimos días para tenerme vigilada, ¿no?

Él reaccionó a su negativa a contestar tensando la mandíbula.

–Sí –contestó–. Cuando me llamó y me contó lo de tu accidente y... –tuvo que interrumpirse a la vez que alzaba una temblorosa mano hasta su boca–. No quiero pensar en eso ahora –murmuró al cabo de un momento–. No puedo soportarlo...

–Lo siento –murmuró Samantha, comprendiendo que el horrible artículo lo hubiera afectado.

–¿Sientes haber sobrevivido cuando otras seis personas murieron?

Las ásperas palabras del desconocido hicieron que una fría rabia se apoderara de Samantha.

–No siento ningún placer por haber sido la afortunada –replicó con frialdad–. Seis personas murieron. Yo sobreviví. ¡Pero si crees que he pasado el último año considerándome afortunada a su costa, estás muy equivocado!

–Yo he pasado el último año deseándote el infierno –dijo él–. Y ahora he descubierto que ya estabas viviendo en él...

Aquello era cierto, reconoció Samantha. Había estado viviendo en el infierno. ¿Pero qué había hecho para que aquel hombre le hubiera deseado algo tan cruel?

Fuera cual fuese el motivo, sus ásperas palabras dolieron y no sirvieron precisamente para que se sintiera más cómoda con él. De hecho, estaba asustada.

Él debió darse cuenta, porque de pronto se puso en pie.

Debía medir más de un metro ochenta y la habitación pareció empequeñecerse con su presencia. Dejó escapar un áspero suspiro y murmuró algo que sonó como una maldición. Cuando lo hizo, parte de la tensión reinante abandonó el ambiente.

–No estoy llevando esto muy bien –admitió finalmente.

Samantha estaba de acuerdo, pero sabía que ella no lo estaba haciendo mejor.

Carla fue muy oportuna reapareciendo de nuevo.

Miró con cautela de un tenso rostro a otro, se sentó junto a Samantha y le entregó el tubo de analgésicos y un vaso de agua.

–Gracias –murmuró Samantha. Sacó dos pastillas del tubo, las tragó con ayuda del agua y luego se apoyó contra el respaldo de la silla. Cerró los ojos a la espera de que hicieran su efecto. La rodilla le dolía bastante y tenía la sensación de que le ardía, lo que le hizo pensar que debía haberse llevado un buen golpe.

Pero tuvo que admitir que ese no era el verdadero motivo por el que estaba sentada con los ojos cerrados. En realidad era un modo de escapar de lo que estaba pasando allí. Sentía que la oscura sombra de aquel hombre amenazaba con engullirla por completo.

Además, había demasiado silencio. El suficiente como para dejarle sentir que Carla y él estaban intercambiando silenciosos mensajes que debían implicarla a ella, aunque no se molestó en abrir los ojos para averiguar de qué se trataba. Pero enseguida tuvo oportunidad de hacerlo.

–Sam... –la voz de Carla sonó cargada de ansiedad–... ¿crees que vas a estar bien? Yo debería salir a comprobar que todo va bien.

Samantha comprendió que el plan consistía en dejarla a solas con el hombre. No quería quedarse sola con él, pero tampoco tenía mucho sentido retrasar lo inevitable. Además, comprendía el aprieto en que se encontraba Carla. Les pagaban por hacer un trabajo, y aquel hotel ya tenía una reputación lo suficientemente mala como para que sus empleados se dedicaran a abandonar su puesto.

De manera que asintió y se obligó a abrir los ojos y a sonreír.

–Gracias. Ya estoy bien.

Carla se levantó, miró con expresión preocupada a su amiga y salió de la habitación.

El silencio reinante se volvió opresivo.

Samantha no movió un músculo, y él tampoco.

–¿Y ahora qué? –preguntó ella cuando no pudo soportar más la tensión.

–Es la hora de enfrentarse a la verdad –contestó él, reacio. Tras mirarla unos segundos, volvió a sentarse junto a ella y alargó una mano hacia el vaso.

Sus dedos rozaron levemente los de Samantha, que sintió que su pulso se aceleraba al instante. Le quitó el vaso, lo dejó en la mesa y luego la desconcertó aún más tomándola de la mano.

–Mírame –dijo.

Samantha bajó la vista y la fijó en sus manos unidas; la orden le hizo apretar los dientes, pero fue incapaz de mover un músculo.

–Sé que todo esto supone una terrible conmoción para ti, Samantha, pero tienes que empezar a enfrentarte a ello...

Aquello era cierto, pero no quería hacerlo.

–Al menos, empieza por mirarme mientras te hablo.

Samantha necesitó hacer acopio de todo su valor para alzar la vista y mirarlo directamente.

«Es tan guapo...», fue el primer pensamiento que pasó por su mente. Tenía el pelo moreno y liso, y su piel poseía un bronceado que parecía completamente natural en él. Sus ojos color chocolate oscuro estaban enmarcados por largas pestañas negras. Tenía una nariz recta y perfectamente equilibrada y una boca firme pero también sensual. En conjunto tenía un rostro muy atractivo, de fuertes rasgos.

Pero seguía siendo el rostro de un completo desconocido.

Un desconocido que estaba a punto de insistir en que no lo era. De hecho, había una intimidad en su forma de mirarla que hizo comprender a Samantha que aquel hombre la conocía muy bien. Probablemente, mejor que ella a sí misma.

–Samantha –continuó él–. Sabes que te llamas Samantha.

Ella agradeció tener una excusa para retirar su mano de la de él y alzarla para apartar ligeramente el cuello de su blusa y mostrarle el colgante en el que llevaba su nombre escrito en letras de oro.

–Es lo único que me quedó –explicó–. Todo lo demás se perdió en el fuego.

Él frunció el ceño.

–¿Te quemaste?

–No, alguien me sacó del coche antes de que estallara –alzó una temblorosa mano hacia su sien–. Me herí en la cabeza, en el brazo... –zarandeó ligeramente su brazo derecho–... y mi pierna derecha.

Él bajó la mirada hacia su rodilla. Ni siquiera las gruesas medias que Samantha llevaba puestas podían ocultar por completo las cicatrices. Luego miró su sien.

–Tu encantador rostro... –murmuró a la vez que alzaba una mano para tocarle la cicatriz de la sien.

Samantha se echó hacia atrás instintivamente. Llevaba varios meses disfrutando del mero hecho de estar viva y sin sentir ningún rechazo al evidente deterioro físico con el que había sobrevivido, pero en aquellos momentos sintió una terrible necesidad de ocultarse.

¡Y todo por culpa de aquel hombre! No había duda

de que era una de esas personas que gozaban de una perfección física envidiable y que sin duda se rodeaban de ella siempre que podían. Samantha supo en ese instante que, fuera quien fuese aquel hombre, y fuera cual fuese la relación que habían mantenido, ella ya no podía encajar en su selectivo gusto.

Se levantó y se apartó... ¡aunque sin la misma elegancia que él había mostrado al hacerlo, por supuesto!

–¿Quién eres? –preguntó con sequedad.

Él se levantó antes de contestar.

–Mi nombre es Visconte –contestó con voz ronca–. André Visconte.

–Visconte –repitió ella con suavidad–. ¿Del Consorcio de Hoteles Visconte?

Él asintió mientras la miraba con atención, buscando algún indicio de que su nombre pudiera significar algo para ella. Pero Samantha solo experimentó la misma extraña sensación que el día anterior, cuando Freddie pronunció aquel mismo nombre.

–¿Y yo? –susurró–. ¿Quién soy yo?

–También te apellidas Visconte –contestó él con suavidad–. Eres mi esposa...

Capítulo 3

PÁLIDA, con el cuerpo rígido y los ojos firmemente cerrados, Samantha se limitó a permanecer de pie, esperando a comprobar si aquella última conmoción lograba romper el grueso muro que rodeaba su memoria.

«Soy Samantha Visconte», pensó en silencio. «Su esposa. La esposa de aquel hombre. Un hombre al que debí amar lo suficiente como para casarme con él. Un hombre que debió amarme lo suficiente como para casarse conmigo».

Debería significar algo... pero no significaba nada.

–No –dijo finalmente, y abrió los ojos para mirarlo con la misma expresión de perplejidad–. El nombre no significa nada para mí.

Él apartó la mirada como si lo hubiera abofeteado y volvió a sentarse, pero no antes de que Samantha hubiera visto el dolor que reflejaron sus ojos.

–Lo siento –murmuró, incómoda–. No pretendía ser tan...

–¿Fría? –concluyó André al ver que ella dudaba.

Samantha deslizó la lengua por sus resecos labios.

–No... no comprendes –susurró–. Los médicos llevan varios meses diciéndome que una conmoción como esta podría ser el detonante para que empezara a recuperar la memoria, y...

–Necesito una bebida –interrumpió él, y se volvió hacia la puerta.

Samantha se sintió aliviada al ver que se iba, pues necesitaba estar sola unos momentos para tratar de asimilar todo aquello.

–¿Llevamos mucho tiempo casados?

No sabía por qué le había hecho detenerse antes de que saliera, pero la pregunta surgió involuntariamente, haciendo que André se detuviera con la mano en el pomo de la puerta.

–Dos años –contestó en un extraño tono de voz–. Dentro de dos días será nuestro segundo aniversario de boda –añadió, y a continuación salió de la habitación.

Samantha se quedó mirando la puerta, incapaz de sentir nada.

«Dos días», pensó. El doce de aquel mes. Eso significaba que ni siquiera habían podido celebrar juntos su primer aniversario.

Su accidente ocurrió el día doce. ¿A dónde se dirigía en su primer aniversario de boda? ¿Iba a reunirse con André cuando ocurrió el accidente? ¿Era ese el motivo por el que había...?

No. No debía permitirse pensar aquello. La policía le había asegurado que no había sido culpa suya. Un camión cisterna lleno de gasolina había patinado en la carretera mojada y había chocado con su coche y con otros tres antes de estallar en una bola de fuego. Tuvo suerte, porque el camión golpeó primero su coche y lo alejó. Las personas que iban en los otros vehículos no fueron tan afortunadas, pues la explosión los alcanzó de lleno. Otros conductores tuvieron tiempo de liberar a Samantha antes de que su coche se reuniera con los demás en el infierno. Pero su cuerpo tuvo que pagar el precio de la urgencia con que tuvieron que sacarla. Su cabeza, ya herida y sangrante, se rindió afortunadamente a la inconsciencia, pero le dijeron que el hombre que la había liberado no había tenido más remedio que tirar violentamente de su rodilla rota para liberarla a tiempo. Y su brazo, roto por tres sitios, empeoró por el mismo motivo.

Afortunadamente, el brazo ya había sanado, y la rodilla se le estaba fortaleciendo día a día con la ayuda de una severa fisioterapia. Pero la cicatriz de la sien era un recordatorio que veía cada vez que se miraba al espejo.

¿Pero por qué le estaba dando vueltas a aquello cuando tenía cosas mucho más importantes en que pensar? ¡Era una locura!

Volvió a sentarse con un suspiro. Ni siquiera se había planteado todavía la posibilidad de que André Visconte estuviera mintiendo. Aunque, ¿por qué un hombre como él iba a molestarse en reclamar a alguien en su estado físico y psicológico a menos que se sintiera obligado a ello?

Nadie lo había hecho en doce largos meses. ¿Cómo era posible que él no la hubiera encontrado antes?

André había dicho que durante aquel tiempo había deseado que estuviera en el infierno. ¿Significaba eso que su matrimonio ya había acabado antes de su primer aniversario de boda? ¿Sería ese el motivo por el que no se había molestado en buscarla? ¿Habría acudido solo porque alguien la había reconocido en el periódico como su esposa?

Una intensa agitación empezó a apoderarse de ella. La cabeza empezó a dolerle y se frotó la sien con los dedos. «Quiero recordar. ¡Quiero recordar, por favor!», rogó en silencio. André había mencionado Nueva York. ¿Era allí donde vivía? ¿Era allí donde se habían conocido? Sin embargo, el acento de ella era tan obviamente inglés, que en ningún momento se había cuestionado su nacionalidad.

¿Se habrían conocido en Inglaterra? ¿Tendrían una casa en aquella zona? ¿Era André lo suficientemente rico como para poseer casas en dos países distintos? Por supuesto que era rico. A fin de cuentas, era dueño de una prestigiosa cadena de hoteles. Solo había que mirarlo para darse cuenta de que tenía dinero.

¿Y en que la convertía eso a ella? Para haberse movido en los mismos círculos sociales que él debía ser una mujer rica.

Pero no se sentía rica. Se sentía pobre... empobrecida, de hecho.

Empobrecida desde el interior, sin que importara la evidencia exterior, con sus zapatos de cuero negro sin tacón, comprados más porque eran cómodos y prácticos que porque realmente se los hubiera podido permitir. Durante meses había vestido prendas de segunda mano, prendas que otras personas no querían usar más, pero que habían sido suficientemente buenas para una mujer que lo había perdido todo, incluyendo su pasado.

¿Qué veía Visconte cuando miraba a la mujer que según él era su esposa?

Samantha se levantó y fue a mirarse en el viejo espejo que colgaba de una de las paredes de la sala de personal. Si ignoraba la cicatriz de su sien, el reflejo le decía que era pasablemente atractiva. La combinación del pelo pelirrojo con su cremosa piel blanca debió llamar la atención en otra época, sobre todo antes de que demasiados meses de constante tensión hubieran hecho que sus mejillas se hundieran y que tuviera ojeras. Pero algo le decía que siempre había sido delgada, y los fisioterapeutas que la habían tratado se habían mostrado impresionados con lo que llamaban su «atlética estructura muscular».

–Puede que fueras bailarina –le dijo uno de ellos un día–. Tus músculos son fuertes, pero también muy flexibles.

Pero Samantha ya había aceptado que eso había pasado a la historia. Pensó en el desconocido y en su perfección física y quiso sentarse y llorar.

«No quiero esto», pensó en un repentino arrebato de pánico. «¡No quiero nada de esto! André Visconte no puede quererme. ¿Cómo va a quererme? Si soy su esposa, ¿cómo es posible que le haya llevado doce meses encontrarme? Si me quisiera, habría removido cielo y tierra para encontrarme. Yo lo habría hecho por él», reconoció con un extraño dolor que le hizo comprender que sus sentimientos por él no eran totalmente indiferentes, fuera lo que fuese lo que su mente se negaba a destapar.

–Oh, Dios mío –susurró mientras volvía a sentarse y enterraba el rostro entre las manos. El dolor de cabeza se estaba volviendo insoportable.

«¡Contrólate!», se dijo. «Tienes que dominarte y empezar a pensar en lo que va a pasar...»

André Visconte regresó en ese momento a la sala. Se había quitado la chaqueta y había aflojado el nudo de su corbata para soltarse el botón superior de la camisa, como si le molestara la opresión de la ropa. Avanzó hacia Samantha con un vaso de un líquido dorado en la mano.

–Toma –dijo–. Creo que necesitas esto tanto como yo.

Ella negó con la cabeza.

–No. No puedo mezclar alcohol con los analgésicos... pero gracias de todos modos.

Sus palabras sirvieron al menos para que André se detuviera antes de tocarla. No sabía por qué, pero no quería que la tocara.

Desconocido. La palabra no dejaba de repetirse en su mente como una temible advertencia. Aquel hombre que decía ser su marido era un completo desconocido para ella. Y lo peor era que no dejaba de sentir que la sensación de que era un desconocido no era nueva para ella.

André dejó el vaso y permaneció ante ella en pie, con las manos metidas en los bolsillos. Parecía estar esperando algo, pero Samantha no sabía de qué se trataba, de manera que bajó la mirada y se limitó a esperar. Aquel era el comienzo de sus problemas, no el final.

–¿Qué tal tu rodilla?

–¿Qué...? –Samantha parpadeó y miró a André, pero enseguida volvió a apartar la mirada–. Oh... mejor, gracias.

Silencio. Empezó a ponerse nerviosa. Deseaba que André hiciera algo, que le dijera algo cruel y trillado como: «me alegra haber vuelto a verte. Siento que no me recuerdes, pero ahora tengo que irme».

Deseaba que la tomara en brazos y la abrazara con fuerza hasta que aquellas terribles sensaciones de miedo y confusión la abandonaran.

André miró a su alrededor y suspiró.

–Este sitio es un desastre –dijo.

Samantha lo miró con cautela. Tenía razón. El hotel en general y aquella habitación en particular estaban realmente deteriorados.

–A mí me gusta este lugar –se oyó decir–. Me ha dado un hogar y una vida cuando ya no poseía ni lo uno ni lo otro.

André volvió a ponerse pálido al oírla. Samantha pensó que tal vez creía que se estaba burlando de él. Volvió a sentarse a su lado. Demasiado cerca.

«Apártate de mí», quiso decirle.

–Tenemos que salir de aquí –dijo él, tenso–. Deberíamos buscar un lugar más privado en el que podamos relajarnos...

¿Quién podía relajarse en una situación como aquella?, se preguntó Samantha. Ella no, desde luego.

–Y hablar –continuó André–. Seguro que querrás hacerme un montón de preguntas, como yo quiero hacértelas a ti, y creo que para eso estaríamos mejor en mi hotel en Exeter.

–Tu hotel –repitió Samantha, recordando el gran hotel que se había inaugurado el año anterior.

–¿Querrás venir?

–Yo... –Samantha no sabía si quería ir con él a algún lugar... o si quería dejar el único sitio en que se había sentido segura durante aquel año.

–O vienes conmigo o me traslado aquí –el tono de André dejó bien claro que no iba a marcharse–. Preferiría que vinieras a mi hotel simplemente porque es cien veces más cómodo que este. Además, no estoy dispuesto a volver a perderte de vista nunca más, ¿comprendido?

Samantha estuvo a punto de atragantarse al oír aquello.

–Quiero pruebas –susurró.

André frunció el ceño.

–¿Pruebas de qué?

–De que eres quien dices que eres y de que yo soy quien dices que soy. No pienso tomar ninguna decisión hasta que me lo hayas confirmado.

André se levantó y salió de las sala sin decir una palabra. Volvió unos segundos después con la chaqueta de su traje en la mano. Ya estaba sacando algo de un bolsillo cuando se detuvo ante ella.

–Mi pasaporte –dijo, a la vez que dejaba caer el documento sobre el regazo de Samantha–. Y el tuyo. Es viejo, pero creo que podrá servirte de «prueba» –añadió, y dejó caer el documento sobre el otro–. Nuestro certificado de matrimonio –este aterrizó sobre los dos pasaportes–. Y una foto del día de nuestra boda.

Era evidente que había acudido preparado para aquello. Samantha miró el pequeño montón que se había formado sobre su regazo sin atreverse a tocarlo.

Tenía miedo de hacerlo.

Pero, ¿por qué? André ya le había dicho quién era él, quién era ella y que estaban casados, y ella lo creía. De manera que, ¿por qué temía mirar la prueba física de todo ello?

La respuesta llegó dura y fría, y la asustó más que todo lo demás. No quería mirar por el mismo motivo por el que había perdido la memoria. Los médicos le habían dicho que su amnesia tenía poco que ver con el accidente en sí. Este había ayudado, desde luego, pero el verdadero motivo se encontraba profundamente arraigado en algún otro trauma que no había podido soportar unido al dolor y al sufrimiento por el que había tenido que pasar. Su mente había decidió bloquearle la memoria para que solo tuviera que enfrentarse al trauma físico.

Mirar aquellos documentos iba a ser como abrir las puertas al trauma inicial, fuera este cual fuese.

–Nunca fuiste una cobarde, Samantha –dijo André con suavidad, haciéndole comprender al mismo tiempo que sabía con exactitud lo que estaba pasando por su cabeza.

–Pues ahora lo soy –susurró ella, y comenzó a temblar.

André se sentó de inmediato a su lado y cubrió las manos que Samantha tenía unidas en su regazo con una de las suyas. En esa ocasión ella no las retiró. De hecho, necesitaba aquel contacto.

–Entonces lo haremos juntos –dijo André con delicadeza.

Sin apartar la mano de las de ella, utilizó la otra para sacar su pasaporte de debajo de los demás documentos. Lo abrió por la página en que aparecía su foto. Debajo de esta podía leerse: *Visconte, André Fabrizio. Ciudadano estadounidense.*

–Parezco un gánster –dijo, tratando de aligerar el momento. Luego cerró el pasaporte y tomó el otro.

Se suponía que uno no sonreía en las fotos para el pasaporte, pero el rostro que miraba a Samantha desde su regazo era el de una persona que no sabía cómo borrar aquella provocativa sonrisa de sus labios, y en él no se percibía el más mínimo indicio de tensión. Simplemente parecía animada, encantadora y...

Visconte, podía leerse bajo la foto. *Samantha Jane. Ciudadana Británica.*

–Perdiste ese pasaporte seis meses después de que nos casáramos y tuviste que solicitar otro –explicó André–. Pero lo encontré cuando estaba... –se interrumpió un momento y enseguida continuó–. Cuando estaba revisando unos viejos papeles –concluyó, pero ambos sabían que había estado a punto de decir otra cosa.

Cuando movió la mano para tomar el certificado de matrimonio, Samantha se lo impidió.

–No –dijo rápidamente–. Eso no. La otra...

Despacio, casi con renuencia, André tomó la foto y la volvió.

El corazón de Samantha dio un vuelco, porque se vio a sí misma a todo color, vestida de novia.

Riendo. Reía mientras miraba el atractivo rostro de su prometido. Él también reía, pero en su risa había mucho más que mera diversión. Había...

Samantha cerró los ojos y empezó a temblar violentamente a la vez que sentía que su cuerpo se cubría de sudor frío. No podía respirar, no podía moverse, y sintió que una oscura bruma se cernía sobre ella.

Oyó una maldición a su lado y un instante después dos manos la sujetaban por los hombros y le hacían ponerse en pie. Los documentos cayeron al suelo mientras André la sostenía con firmeza entre sus brazos.

–Oh, Dios mío –gimió.

–¿Qué sucede? –preguntó André, preocupado.

–No... no sé –contestó ella, trémula, y trató de respirar profundamente para recuperarse. Pero al hacerlo se llevó consigo parte del almizclado aroma de André, y un instante después las células de su cerebro enloquecieron.

Aquel aroma le resultaba familiar. Tan terriblemente familiar que...

Volvió a desmayarse sin previa advertencia. Se quedó totalmente lacia en brazos de André y perdió por completo el conocimiento durante unos segundos.

En esa ocasión, cuando despertó no estaba tumbada, sino sentada. André estaba a su lado y le hacía mantener la cabeza inclinada entre las rodillas.

–Quédate así –dijo cuando ella trató de erguirse–. Espera un momento para que la sangre tenga oportunidad de volver a tu cabeza.

Samantha obedeció, exhausta, y respiró cuidadosamente mientras esperaba a...

A nada, comprendió al cabo de un momento. Ni una riada de hermosos recuerdos. Ni siquiera una de recuerdos malos. Nada.

Trató de moverse y, en esa ocasión, André no se lo impidió. Se apoyó contra el respaldo del asiento y lo miró a los ojos.

–¿Qué? –preguntó André al ver que no decía nada.

Ella negó con la cabeza. Sabía lo que él estaba esperando porque ella había esperado lo mismo.

Los oscuros ojos de André brillaron y su boca se tensó. Luego respiró hondo y contuvo un momento el aire antes de soltarlo.

–No vamos a volver a intentarlo –decidió–. No hasta que hayamos consultado con un experto para averiguar por qué te desmayas cada vez que te enfrentas contigo misma.

«No conmigo misma», quiso corregirlo Samantha. «Contigo».

Pero no dijo nada porque no quería entrar en aquello. No en aquellos momentos, cuando sentía que todo su mundo se balanceaba precariamente al borde de un terrible precipicio.

–Así que eso deja zanjado el asunto –continuó André con determinación–. Vas a venir conmigo –se agachó para recoger los papeles–. Tengo que hacer algunas llamadas –dijo tras erguirse–. Mientras, puedes ir a preparar tu equipaje. Para entonces habré terminado y podremos irnos.

–¿Puedo opinar al respecto? –preguntó Samantha en tono cortante.

–No –espetó él–. Nada en absoluto. He pasado los últimos doce meses pensando alternativamente que estabas muerta y deseando que lo estuvieras. Pero la realidad es que existes en una especie de limbo del que estoy seguro que solo podré sacarte yo. Y hasta que eso suceda no sabré cuál de mis dos alternativas prefiero, y tú no sabrás por qué prefieres quedarte en el limbo. El artículo del periódico decía que te llevaron a un hospital en Exeter después del accidente, así que supongo que allí fue donde te trataron, ¿no?

Samantha asintió.

André también.

–En ese caso, ya que vamos precisamente a Exeter no volveremos a mencionar el pasado ni nada que tenga que ver con el pasado hasta que hayamos recibido consejo de alguien que sepa de qué está hablando –dijo en tono decidido–. Todo lo que tienes que aceptar es que estamos casados. El resto tendrá que esperar.

Capítulo 4

ESPERAR...

Carla pensaba que debía esperar a tener más respuestas antes de irse con él.

–¡Pero si no lo conoces! –protestó mientras Samantha preparaba su equipaje–. ¿Cómo sabes que está diciendo la verdad?

La silenciosa respuesta de Samantha fue entregarle la foto de su boda.

Carla miró la foto, luego a su amiga, y de nuevo la foto. De pronto, su humor cambió.

–¿Qué puede haberte sucedido para que hayas olvidado algo tan bonito como esto? –murmuró, apenada.

Samantha habría dado cualquier cosa por tener la respuesta a aquella pregunta.

–¿Sabes quién es? –preguntó con suavidad.

–Me lo ha dicho Nathan Payne –contestó Carla–. Pero el hecho de que sea el propio Visconte en persona no lo absuelve de explicar por qué ha tardado doce meses en encontrarte.

Aquello era cierto, concedió Samantha, y se sentó en la cama mientras el peso de sus propias dudas volvía a caer de lleno sobre ella.

–Fuiste famosa por aquí durante un par de semanas

cuando tuviste el accidente –continuó Clara, decidida a proteger a su amiga–. Si de repente desapareciste y Visconte estaba realmente preocupado por ti, lo lógico habría sido que hubiera removido cielo y tierra para encontrarte. Al menos, podría haberse molestado en hacer comprobaciones en hospitales y comisarías. Tu aspecto es especialmente distinguido, Sam. Aunque tú no sepas quién eres, alguien que hubiera estado buscando a una pelirroja alta y esbelta llamada Samantha habría acabado por localizarte.

–Tal vez André estuviera fuera del país –sugirió Samantha, pensando en Nueva York.

Carla la miró con expresión de asombro.

–¿Quieres decir que no te has molestado en preguntárselo?

Lo cierto era que Samantha no quería preguntar. Por incomprensible que pareciera, se sentía más segura sin hacer preguntas.

–El problema es que cada vez que hablamos de algo vagamente personal me desmayo –admitió con pesar.

–Más motivo aún para que te lo pienses antes de ponerte en sus manos. ¿No te das cuenta? –pregunto Carla.

Samantha se puso en pie, tomó la foto de manos de su amiga y la miró con expresión sombría, pero también resuelta.

–Si quiero averiguar alguna vez por qué he acabado así –dijo con suavidad–, tengo que ir con él.

¿Dónde estaba Samantha? André miró con impaciencia su reloj. ¡Estaba tardando demasiado!

–¡Maldita sea! –murmuró–. Mira este lugar –dijo en tono despectivo–. Si se hundiera ahora mismo, nadie lo echaría de menos.

Nathan Payne alzó la mirada y, de pronto, André se vio como lo estaba viendo su gerente: como una pantera al acecho moviéndose de un lado a otro en busca de pelea.

Pero ni siquiera diez asaltos con el mejor boxeador del mundo habrían bastado para aplacar su malhumor.

No soportaba la idea de que Samantha hubiera estado viviendo en aquel miserable entorno. Cuanto antes la sacara de allí, mejor. Pero, ¿dónde estaba?

–Llama a su habitación –dijo a Nathan.

–No –replicó el otro hombre–. Vendrá cuando esté lista.

–Ya llevamos una hora esperándola –protestó André.

Y aquella otra chica estaba con ella. Sabía que no le caía bien. Lo había notado en su rostro cuando se había enterado de lo que iba a hacer Samantha. Seguro que pensaba que la estaba presionando demasiado y que Samantha estaba demasiado conmocionada como para ir a ningún sitió con nadie. Y lo cierto era que tenía razón, reconoció André, reacio.

–¿No crees que es demasiado pronto como para alejarla del único entorno seguro que conoce? –preguntó Nathan.

–Yo puedo darle otro entorno seguro.

–Aún está conmocionada, André.

–Yo también.

–Y asustada.

André frunció el ceño.

–¡No voy a encadenarla en una jaula ni a darle latigazos cada hora!

–Es un alivio oír eso –dijo otra voz.

André se volvió y vio a Samantha en la entrada del pasillo que llevaba al ala del personal del hotel. Llevaba un sencillo vestido azul y el pelo aún sujeto en aquel mojigato moño, que era en sí mismo un desafío a la verdadera personalidad de Samantha. ¿Habría sido un acto deliberado o subconsciente? Fuera como fuese, allí estaba. Llevaba la barbilla alzada y sus ojos verdes despedían los fríos destellos que siempre habían supuesto una declaración de guerra por su parte.

André nunca había sido capaz de resistirse a aquello, y ni siquiera lo intentó. Relajó la tensión de su cuerpo y dejó que su mirada lanzara una contraofensiva.

–La sumisión no es tu fuerte, *mia dolce amante* –dijo en tono burlón–. Exiges igualdad en todos los aspectos de tu vida.

Había dicho «mi dulce amante» en italiano para ver si Samantha lo recordaba; al ver cómo se ruborizaba sintió una gran satisfacción, pues eso suponía que lo había entendido. Junto a ella estaba su amiga, moviéndose incómoda.

André sintió que, a sus espaldas, su gerente estaba haciendo lo mismo. No podía culparlos por ello, pues la tensión sexual había subido repentinamente muchos grados en el deprimente vestíbulo del hotel.

Pero lo que le importaba era la reacción de Samantha, y ya que por fin había logrado la primera realmente saludable, su humor mejoró rápidamente.

–¿Estás lista para venir conmigo? –dijo con gran suavidad, decidido a continuar con su éxito sensual... un éxito que se desmoronó en cuanto vio que Samantha avanzaba ayudada por un bastón.

La rabia volvió a surgir en su interior al instante y se volvió hacia Nathan como una serpiente cascabel dispuesta a soltar su veneno. Espetó órdenes que su gerente asumió con una especie de silenciosa compasión que solo sirvió para empeorar las cosas. Pero André ni siquiera era capaz de empezar a describir como le había afectado ver a su bella y vibrante Samantha sufriendo tanto como para necesitar un bastón para caminar.

Samantha salió del hotel, dolida por el destello de consternación que había percibido en la expresión de André cuando había visto su bastón. Tampoco le gustó el modo autoritario en que se dirigió a Nathan Payne, quien al parecer iba a quedarse sustituyéndola en el hotel hasta que regresara el director.

–Es un bravucón –dijo Carla.

Samantha no podía negar aquello, de manera que permaneció en silencio.

–Y le encantas –añadió Carla.

–No es cierto –replicó Samantha, y agitó expresivamente su bastón.

–Entonces, ¿a qué ha venido esa escena italiana de seducción?

Samantha se encogió de hombros.

–Tú misma lo has dicho. Las palabras «italiana» y «seducción» siempre van juntas. De hecho, no creo que puedan funcionar la una sin la otra.

–Así que es estadounidense de origen italiano, ¿no?

Samantha volvió a encogerse de hombros, pues no lo sabía. Sin duda, el apellido Visconte era italiano. El acento era claramente norteamericano. Sin embargo, el nombre era francés.

–¿Vas a estar bien? –preguntó Carla al ver la expresión confundida de su amiga.

–No estoy bien tal como estoy –replicó Samantha, y pensó que no tenía nada más que añadir.

André salió del hotel y ambiente se cargó al instante. Samantha tomó su maleta de manos de Carla, que había insistido en llevarla. Se abrazaron mientras él agitaba impaciente las llaves de su Jaguar en la mano.

–Cuídate –murmuró Samantha mientras se apartaba.

–Eres tú la que tiene que cuidarse –dijo Carla.

–Vamos –dijo André con aspereza.

Samantha sintió un arrebato de pánico y tuvo que esforzarse mucho para reprimirlo.

–Llámame –rogó Carla como despedida final.

–Lo prometo –Samantha asintió y sintió que sus ojos se humedecían mientras daba aquel primer gran paso para seguir a André.

Él debió sentir sus lágrimas, pues se volvió a mirarla. Samantha bajó la vista, se mordió el labio inferior e hizo un esfuerzo por concentrarse en las escaleras en lugar de en la oleada de angustia que trataba de apoderarse de ella.

André le quitó la maleta, fue rápidamente hasta su Jaguar, abrió el maletero, metió la maleta y luego rodeó el coche para abrir la puerta de pasajeros, donde permaneció como un carcelero a punto de encerrar a su último prisionero.

Samantha mantuvo la mirada apartada cuando llegó al coche y se inclinó para entrar en él.

Sin decir una palabra, André le quitó el bastón y cerró la puerta del lujoso vehículo. Unos segundos después, y tras arrojar el bastón a la parte trasera del coche, ocupó su asiento tras el volante. Se puso el cinturón, miró a Samantha para comprobar que había hecho lo mismo y arrancó el coche.

Mientras se alejaban, Samantha se volvió para echar un último vistazo al hotel y sintió que sus ojos volvían a llenarse de lágrimas. «Adiós», dijo en silencio... y enseguida se preguntó por qué se sentía como si ya se hubiera despedido de ese modo de algún otro querido y decadente edificio.

–¿Por qué el bastón? –preguntó André de repente.

–Si mi cojera te ofende –replicó Samantha con frialdad–, tal vez deberías volver a dejarme donde me has encontrado, porque te aseguro que no va a desaparecer solo porque te ofenda.

–No me ofende –dijo André con firmeza–. Me enfada mucho, pero no me ofende.

Samantha deseó poder creerle, pero no lo logró.

–Háblame de ello –insistió él.

Samantha suspiró.

–Mi rodilla resultó aplastada en el accidente y empeoró porque me tuvieron que sacar a toda prisa del coche antes de que se incendiara. Desde entonces me han operado cuatro veces y, lo creas o no, mi actual cojera no es ni la mitad de obvia que hace dos meses.

A pesar del sarcasmo con que concluyó la explicación de Samantha, André no renunció a seguir con el tema.

–¿Tienes que volver a operarte?

–No. Lo que ves ahora es lo que vas a obtener. De modo que, si estabas esperando recuperar a la misma persona de la foto que me has dado, deja que te diga antes de que sea demasiado tarde que eso es imposible.

–Pero ya he notado que sí voy a recuperar su genio

–dijo André, y de pronto sonrió de un modo que hizo que el corazón de Samantha diera un vuelco. Aquella sonrisa había alterado por completo su rostro, como si en lugar de hablarle como una auténtica bruja acabara de hacerle un regalo.

–¡Mantén la vista fija en la carretera! –espetó, más que nada para alejar las emociones que de pronto se estaban acumulando en su interior.

André maldijo entre dientes y volvió de inmediato su atención al asfalto.

–Lo siento. No estaba pensando. Supongo que te pondrá nerviosa ir en coche después de...

–No –Samantha se sintió un poco culpable por haberle hecho creer lo contrario–. No mientras el conductor sea competente... y es evidente que tú lo eres.

Permanecieron en silencio mientras André se concentraba en conducir.

–Cuéntame cómo ha llegado el hotel Tremount a un estado tan decadente –dijo al cabo de unos minutos–. Da la impresión de que en otra época debió de ser un lugar realmente elegante.

–Lo fue –contestó Samantha, aliviada por tener un tema más neutral con el que llenar el silencio mientras viajaban–. Es un edificio victoriano. Fue originalmente construido para acoger a las clases altas de la sociedad británica de su tiempo. Está lleno de tesoros arquitectónicos, pero hace falta ser la persona adecuada para descubrirlos.

–Tendría que esforzarse mucho –gruñó André.

–Tendría que poseer «alma» –corrigió Samantha, y André se limitó a hacer una mueca ante su indirecta–. Creo que el Tremount podría tener mucho potencial para el promotor adecuado. Tiene su propia playa, y no está lejos del centro turístico más cercano. Además cuenta con una gran extensión de terreno a su derecha que en otra época fue un campo de golf de nueve hoyos, aunque ahora está totalmente abandonado. Contando con los expertos adecuados, podría...

André dejó que siguiera hablando. Samantha no era consciente de que le estaba dando un informe del potencial del hotel tan detallado como el que hubiera podido ofrecerle cualquiera de sus mejores peritos. No sabía que hacer aquello era como una segunda naturaleza para ella, ni que, como él mismo, había estado implicada en la industria hotelera toda su vida. Y sus manos, la herramienta que más utilizaba para expresarse, no paraban de moverse, de señalar con sus largos dedos, de hacer aquellos delicados movimientos circulares con las muñecas tan familiares para él.

Sintió ganas de gritar, o de golpear algo, porque aunque aquellos movimientos pertenecieran a la vieja Samantha, eso era lo único que conservaba. Ni su mojigato peinado, ni su aburrida ropa, ni la expresión de sus ojos, que debería haber sido animada mientras hablaba, tenían nada que ver con la vieja Samantha. Solo había mostrado cierta pasión cuando habían hablado de su matrimonio... una pasión horrorizada que le había hecho desmayarse.

Tardaron más de una hora en llegar a Exeter, pero Samantha había hablado tanto que se sorprendió cuando André detuvo el coche frente a un hotel.

–De manera que este es el famoso hotel Visconte Exeter –comentó con curiosidad–. Recuerdo haber leído un artículo en el periódico sobre la gala de inauguración que se celebró el año pasado... –«el año pasado», repitió para sí, y frunció el ceño–. ¿Asististe a la inauguración? –preguntó en tono cortante. No entendía por qué, pero la idea de que André hubiera estado tan cerca de ella sin que ninguno de los dos lo supiera le dolió.

Algo en la quietud de André le llamó la atención.

–No –contestó él, y salió de inmediato del coche.

–¿Por qué no? –preguntó ella en el mismo instante en que le abrió la puerta.

Él frunció el ceño.

–No entiendo la pregunta.

Samantha lo miró con dureza.

–¿Por qué no asististe a la inauguración de tu propio hotel?

André rio, pero su risa sonó muy forzada.

–No suelo asistir a todas las inauguraciones que tenemos –se inclinó y soltó el cinturón de seguridad de Samantha–. La cadena Visconte tiene hoteles por todo el mundo. Tendría que ser Superman para...

–Ni siquiera estabas en el país, ¿verdad? –interrumpió Samantha.

Ya lo recordaba. La gran fiesta para celebrar la inauguración. La cobertura que esta había recibido en la prensa local debido a las numerosas celebridades que habían asistido. Ella había tenido muy poco que hacer mientras se recuperaba en el hospital y había devorado los periódicos en busca de cualquier indicio sobre su pasado. Pero no había logrado recordar nada.

¿Por qué no? ¿Cómo era posible que ni siquiera hubiera reconocido su nombre de casada después de haberlo leído tan a menudo.

Porque lo había borrado de su mente, comprendió, dolida. Lo mismo que había borrado todo lo relacionado con aquel hombre hasta se había presentado en el hotel.

Incluso recordaba que en la prensa se había comentado el hecho de que el dueño había cancelado a última hora su presencia en la inauguración porque había tenido que viajar a otro país.

Había salido del país apenas un mes después del accidente.

–¿Te molestaste mínimamente en buscarme o nuestro matrimonio ya había fracasado para cuando desaparecí?

La expresión de André se tensó visiblemente.

–No pienso hablar de eso –dijo, y tomó a Samantha con firmeza por el brazo.

–¿Por qué no? –lo retó ella–. ¿Porque la respuesta podría hacer que parecieras menos preocupado por mí de lo pretendes hacerme creer?

–Porque la respuesta podría hacer que volvieras a desmayarte –corrigió él–, y hasta que no obtengamos asesoramiento profesional para ese problema, no vamos a hablar sobre nosotros.

A continuación, la hizo salir del coche y soltó una maldición al ver que Samantha se mordía el labio a causa del dolor que le produjo apoyar el peso sobre su pierna lesionada.

Ella tuvo que hacer un gran esfuerzo para no gritar de dolor, y se agarró instintivamente al brazo de André. Al sentir la fuerza y la flexibilidad de sus músculos, no pudo evitar un absurdo estremecimiento de sensualidad.

–¿Te duele mucho? –preguntó él, enfadado.

–Sí –contestó ella escuetamente a la vez que se agachaba con cuidado y estiraba un par de veces la pierna antes de tratar de apoyarse de nuevo sobre ella. Luego, suspiró y soltó el brazo de André–. Ya estoy mejor. Ahora, si puedes pasarme mi bastón...

–Apóyate en mí –dijo él con firmeza.

–No mientras tenga otra alternativa –replicó Samantha venenosamente.

El esfuerzo de André por contener su impaciencia fue evidente.

–¿Por qué insistes en verme como una especie de monstruo?

Samantha se ruborizó, pero no por un sentimiento de culpabilidad, sino de rabia.

–Un mes después de mi desaparición ya estabas fuera del país –espetó–. ¿Cómo se supone que debo interpretar eso?

André se volvió sin decir nada y chasqueó los dedos para llamar la atención de un botones del hotel.

«Final de la discusión», pensó Samantha mientras él daba las instrucciones pertinentes sobre el equipaje al botones. Luego, se volvió de nuevo hacia el coche y sacó el bastón del asiento trasero. Se lo ofreció en silencio a Samantha y ella lo tomó sin decir nada. Después, aún en silencio, se encaminaron hacia la entrada del hotel... juntos, pero separados, como dos educados desconocidos, con el reto de Samantha aún suspendido en el aire entre ellos como un presagio de lo que estaba por llegar.

Capítulo 5

EL interior del hotel era tan lujoso como Samantha había esperado, aunque eso era lo que menos la preocupaba cuando, unos minutos después, entraba en una suite con André.

Una vez en el interior, él suspiró y se volvió hacia ella.

–¿Estás bien? –preguntó con cautela.

«No», quiso responder ella. «No estoy bien y quiero volver al lugar del que hemos venido». Pero el sentido común, o la estupidez, no estaba segura de cuál de las dos cosas, impidió que las palabras llegaran a surgir de sus labios.

–Veo que ya has utilizado esta suite –dijo en lugar de responder, pues había varias prendas personales en una silla.

–Llegué anoche –confirmó André–, a tiempo de dormir un poco antes de ir a buscarte.

Samantha se volvió para echar un vistazo por la suite.

–¿Has encontrado lo que buscabas? –preguntó él en tono irónico al cabo de un minuto.

Ella ya había comprobado que la suite contaba con dos dormitorios, de manera que no iba a tener que luchar por su intimidad.

–Sí –contestó, y sintió un gran alivio cuando el teléfono empezó a sonar.

Mientras André acudía a contestar, ella salió al balcón, se apoyó en la barandilla y tomó unas bocanadas de aire fresco. Mientras lo hacía se dio cuenta de que hacía mucho tiempo que no respiraba adecuadamente.

Estrés, tensión. Tensión, estrés. ¿Había alguna diferencia entre ambas cosas?, se preguntó sombríamente, y decidió que, aunque hubiera una diferencia, ambas cosas se habían convertido en una sola sensación para ella.

«¿Por qué me he dejado convencer para volver con él tan rápidamente?», se preguntó mientras el peso de su vulnerabilidad caía de lleno sobre ella. «Pero en realidad sabes perfectamente por qué», se dijo. «Él sabe quién eres. Es el hombre que tiene la solución de todos tus problemas».

«¿O es él mi problema?», se preguntó a continuación, y sintió un escalofrío premonitorio. Tenía pruebas palpables de que estaba casada con él, y sin embargo, no se sentía casada. Miró su mano izquierda y comprobó que no había ningún indicio de que alguna vez hubiera llevado un anillo de casada en ella. Si llevaba uno cuando sufrió el accidente, había desaparecido.

–Tengo que salir.

Samantha se volvió y vio a André en la entrada del balcón, apoyado en el marco de la puerta. Vestía su ropa con un desenfado y una comodidad que no dejaban traslucir su sofisticación. Su cuerpo era perfecto, y su rostro también. Entonces, ¿qué era lo que la alteraba tanto de aquel hombre?. «Su interior», se respondió ella misma. «Lo que te asusta es el interior de este hombre. El exterior simplemente te perturba».

–Negocios –explicó él–. Estaré de vuelta en un par de horas, pero he pedido que te traigan comida. Luego sugiero que descanses un poco –miró un momento el bastón en que se apoyaba Samantha–. Nathan me ha dicho que pasabas todas las tardes de pie tras la barra del bar del Tremount; teniendo en cuenta los problemas de tu rodilla, no parece una actividad muy saludable.

–Mi rodilla está bien mientras me mueva con cuidado –respondió Samantha con frialdad.

Él la ignoró.

–Toda la noche sirviendo bebidas tras una barra. Todo el día trabajando tras el mostrador de recepción. No es de extrañar que parezcas tan agotada.

Samantha alzó la barbilla y sus ojos brillaron de resentimiento.

–Tengo que comer, como todo el mundo –dijo en tono casi acusador–. Y me gustaba mi trabajo –añadió–. Siempre estaré agradecida al director del Templeton por haberme aceptado como empleada... a pesar de lo agotada que parezco y de las muchas horas que he tenido que perder de trabajo para asistir a mis citas en el hospital. Ha sido muy bueno conmigo.

–Quieres decir que tú has sido buena con él –replicó André burlonamente–. Ninguno de los dos lo sabíais, pero él tuvo mucha suerte al contratar a una de las ejecutivas hoteleras más experimentadas que hay en el negocio.

Teniendo en cuenta la facilidad con que se había adaptado a la rutina del trabajo en el hotel, Samantha no se sorprendió demasiado al oírle decir aquello. Probablemente debería haber pensado antes en ello.

–Y ahora ya no vas a tener que preocuparte por saber de dónde va a salir tu próxima comida –continuó él mientras se apartaba de la puerta–. Y lo primero que vamos a hacer en cuanto acabe con este... asunto, es conseguirte un vestuario decente. Estás acostumbrada al lujo, Samantha, no a los saldos.

–¿Hay algo más mío que no te guste? –preguntó ella burlonamente, dolida.

–Sí –los ojos de André brillaron–. Tu peinado. Hace que parezcas una mojigata, pero yo sé que eres una auténtica bruja. No es justo dar a los demás una imagen equivocada de uno mismo. Eso hace que caigan en trampas de las que no pueden escapar.

–¿Se supone que todo eso implica algo específico? –preguntó Samantha, molesta con las críticas de André.

–Por supuesto –contestó él–. Pero debes averiguar el significado por ti misma. Y ahora me voy. Volveré en cuanto...

–Has dicho que no tengo por qué volver a preocuparme por mi próxima comida –interrumpió Samantha–. ¿Significa eso que voy a tener que depender de ti para comer, o acaso tengo dinero mío guardado en algún banco?

–Tienes una cuenta bancaria muy saludable –dijo André, y a continuación mencionó un banco conocido.

–De manera que lo único que tengo que hacer es acudir a una sucursal y demostrar quién soy para acceder a mi dinero, ¿no? –cuando él asintió, Samantha sonrió–. En ese caso, más vale que tengas cuidado, *signore* –añadió con dulzura–. Porque si soy tan bruja como dices, podría decidir desaparecer por segunda vez.

André se acercó a ella en dos zancadas.

–Inténtalo y te prometo que esta vez te seguiré

hasta el fin del mundo si es necesario –murmuró en tono amenazador.

Ella le sostuvo la mirada.

–¿Por qué no lo hiciste la primera vez?

–¿Qué te hace pensar que no lo hice?

–Estabas fuera del país apenas un mes después de mi desaparición. Ese detalle es muy revelador, ¿no te parece?

–Es cierto que estaba fuera del país –replicó él, cortante–. Pero el motivo por el que estaba fuera del país es algo más que vas a tener que buscar... –alzó una mano y apoyó un dedo en la sien de Samantha–... en esa mente cerrada a cal y canto tuya.

Samantha se apartó de él a tal velocidad, que estuvo a punto de caer hacia atrás.

–¿A qué ha venido eso? –espetó él, a la vez que alargaba una mano para sostenerla.

Ella se liberó de su mano.

–Odio que me toques –dijo, y se estremeció.

Los ojos de André brillaron de rabia.

–¿Odias que te toque? –repitió–. En ese caso, vamos a probar la fuerza de ese supuesto odio.

Lo siguiente que supo Samantha fue que André la sujetaba con las manos por los brazos y apoyaba su boca en la de ella. Sus sentidos enloquecieron al instante y una horrenda sensación de familiaridad se apoderó de ella.

Conocía aquella boca. Conocía su sensación, su forma y su sensual movilidad mientras trataba de persuadirla para que respondiera. Y cuando André deslizó la lengua por sus labios, firmemente cerrados, reconoció la caricia como su forma de convencerla para de que los abriera y le diera la bienvenida.

Pero lo peor de todo era que quería hacerlo. Deseaba tanto responder, que empezó a gemir. Un intenso calor se acumuló en su abdomen y sus pechos se endurecieron.

Era demasiado. No podía soportarlo.

Su bastón golpeó secamente el suelo cuando alzó las manos para empujarlo. Pero en lugar de ello se aferró a los hombros de André al sentir nuevas oleadas de reconocimiento. Conocía la sensación de su cuerpo contra el de él, el placer de sentirse pequeña, frágil y femenina cuando él la abrazaba así.

Él debió sentirlo, porque deslizó las manos desde los hombros de Samantha hasta su cintura. Ella gimió cuando la atrajo hacia sí, y no opuso resistencia. Entreabrió los labios y dejó que André la saboreara con su lengua.

De pronto, él apartó el rostro. Lo hizo con tal brusquedad, que Samantha permaneció apoyada contra él, mirándolo sin comprender.

–Sí... –murmuró él en tono triunfante–. Puede que creas odiar que te toque, *cara mia*, pero no te cansas de mis besos. ¿Qué te dice eso de lo que está pasando aquí? –preguntó, y volvió a apoyar un dedo en la sien de Samantha.

De pronto, la sensación de familiaridad desapareció y ella se encontró mirando a un completo desconocido. Un desconocido burlonamente cruel con los ojos aún brillantes de rabia y los labios palpitantes a causa del maldito beso. Samantha volvió a estremecerse.

–Y no vuelvas a desmayarte –añadió él en tono burlón a la vez que se apartaba.

–¡Eres un miserable! –espetó ella.

André se encogió de hombros con expresión indiferente. Luego, se volvió y se encaminó hacia la puerta.

–Nos vemos en un par de horas. Y asegúrate de descansar. Tienes aspecto de necesitarlo.

Samantha permaneció donde estaba, demasiado afectada como para tratar de entender o preocuparse por lo que acababa de decir André. La había besado por rabia. El beso había sido tanto un castigo como una demostración de su poder sobre ella.

–Soy culpable, ¿verdad?

Las temblorosas palabras de Samantha hicieron que André se detuviera y se volviera.

–Hice algo tan imperdonable, que no me permito recordarlo.

–No –negó él.

Samantha no lo creyó. Debía ser culpable de algo; de lo contrario, ¿por qué acababa de tratarla como acababa de hacerlo?

–Buscar culpables no va a servir para solucionar el problema –añadió André.

–Entonces, ¿qué puede servir?

Él negó con la cabeza.

–Aceptamos no hablar del pasado hasta obtener consejo profesional.

Samantha rio despectivamente.

–Es gracioso oír decir eso al hombre que acaba de imponerme el pasado con tal crueldad.

–¡De acuerdo! –exclamó André, y Samantha volvió a sobresaltarse al ver que avanzaba hacia ella. Él apretó los dientes al ver su reacción–. ¡Ese es el motivo por el que te he besado! ¡Por el que estaba enfadado... y por el que sigo estándolo! ¡Éramos amantes, Samantha! –alargó las manos y la tomó por los hombros–. Amantes ardientes, apasionados, que nunca podían saciarse el uno del otro. ¡Por supuesto que me enfurece que des un brinco cada vez que me acerco a ti! Estar cerca de ti y no besarte es negarme a mí mismo... ¡y ya es suficiente con que eso le pase a uno de los dos! Así que... –se inclinó y la besó rápidamente en los labios–... más vale que te vayas acostumbrando. Eres mi esposa. Me gusta besarte. Y ahora me voy, porque de lo contrario podría decidir convertir toda esta rabia en otra cosa que me gustaría hacer contigo.

A continuación se volvió y se fue, dejando a Samantha totalmente desconcertada por la descarga de emoción que acaba de soltarle.

Sus labios aún ardían a causa del beso, y el cuerpo le temblaba tanto, que se preguntó si iría a desmayarse.

Afortunadamente, no sucedió, y volvió al salón deseando no haber conocido nunca a André Visconte.

–¡Nunca! –dijo en alto, furiosa.

André estaba de pie en el despacho del director, lanzando órdenes por teléfono como si estuviera organizando una guerra.

Era tarde, y acababa de regresar de tener una entrevista en el departamento de accidentes de la policía que lo había dejado totalmente destrozado. La culpabilidad lo devoraba, junto con una inquietud y una furia ciega que amenazaban con consumirlo por completo.

–¡Hazlo! –espetó a Nathan cuando este se atrevió a discutir lo que acababa de decirle–. ¡Si Samantha dice que tiene potencial, al menos haz el favor de aceptar que sabe de que habla!

Nathan empezó a explicar pacientemente que no estaba cuestionando lo que decía Samantha, sino la conveniencia de que André tomara una decisión tan importante estando tan afectado como estaba.

–¿Tú crees que el hotel Tremount tiene posibilidades? –preguntó André con frialdad.

–Sí –contestó Nathan–. Pero...

–En ese caso, ¿por qué diablos estás discutiendo? Prepara los papeles y ponme al tanto cuanto antes de lo que va a costarme.

–¿Es para Samantha? –preguntó Nathan.

–¡Sí! –gruñó André–. ¡Es para Samantha! Y ocúpate también de su amiga Carla. Ponla en nuestra nómina. Samantha se preocupa por ella –¡y había que eliminar cualquier cosa que preocupara a Samantha! Samantha...

–¡Maldita sea! –murmuró, y colgó el auricular con tal violencia, que estuvo a punto de romperlo. Luego, se apoyó contra el escritorio y enterró el rostro entre las manos.

Después de ver las fotos del accidente en la comisaría no había podido quitárselas de la cabeza. Los restos del coche calcinado y aplastado revelaban mejor que cualquier palabra lo que le había sucedido.

Había otras imágenes en su cabeza; ella despertando en un hospital conmocionada, dolida, totalmente desorientada, sin saber quién era ella ni los que la rodeaban.

¿Y dónde había estado él mientras sucedía todo aquello? Perdiendo el tiempo en el otro extremo del mundo.

Samantha estaría arriba, sentada, esperando a que él regresara y continuara donde lo había dejado. No la culparía si hubiera cumplido su amenaza y se hubiera marchado.

Oh, Dios santo. ¿Lo habría hecho...?

Apartó las manos de su rostro, miró su reloj y comprobó que habían pasado casi tres horas desde que la había dejado, no dos, como le había dicho.

Se encaminó hacia la puerta de inmediato. Samantha solo necesitaba unas horas para esfumarse. Lo sabía porque ya lo había experimentado. El ascensor lo llevó hasta la planta de su suite. Se detuvo ante la puerta y se tomó unos segundos para tratar de calmar sus emociones antes de introducir la tarjeta en al ranura y abrir silenciosamente...

Capítulo 6

LA quietud que reinaba en la suite hizo que la sangre de André se helara... hasta que vio a Samantha. Estaba dormida sobre uno de los sofás, con aspecto de llevar allí bastante tiempo.

Mientras avanzaba hacia ella, sus pasos quedaron amortiguados por la gruesa alfombra. La comida que había hecho subir se hallaba intacta sobre la mesa que había junto a la ventana. Frunció el ceño al ver dos frascos se pastillas junto a la bandeja. Tomó uno y leyó la etiqueta; eran los analgésicos que Samantha había tomado antes. Pero al leer la etiqueta del otro y ver que eran tranquilizantes se le encogió el estómago.

¿Habría tomado aquello? ¿Se habría tomado todas las pastillas?

Volvió la cabeza y la miró un momento, angustiado.

«No», se dijo con firmeza. Samantha no cometería una estupidez como aquella.

A pesar de todo, no se sintió completamente tranquilo hasta que comprobó que el frasco seguía lleno. Luego, se acercó al sofá y se puso en cuclillas junto a ella. Aún estaba pálida, pero parte de la tensión parecía haber abandonado su rostro.

Como si hubiera sentido su presencia, Samantha abrió de pronto los ojos.

–Hola –saludó André con cautela, pues esperaba una reacción hostil por parte de ella.

Pero esta no llegó. En lugar de ello, se limitó a mirarlo como si estuviera buscando algo que necesitara ver.

¿Remordimientos por cómo se había comportado antes de irse de la suite?, se preguntó André.

–Siento haber reaccionado así antes –se disculpó con sinceridad–. Pero, lo creas o no, te aseguro que esta situación tampoco es nada fácil para mí.

Samantha asintió y se irguió en el sofá.

–Lo comprendo.

André se apartó de inmediato, pues no quería volver a darle motivo para que erigiera sus defensas. Miró a su alrededor en busca de algo neutral que decir y se fijó en la bandeja.

–No has comido.

–No tenía hambre –contestó Samantha, y se inclinó hacia delante para frotar su rodilla herida.

–¿Cómo va eso?

–Mejor –Samantha hizo una demostración flexionando la pierna con soltura–. He tomado unos antiinflamatorios y luego me he quedado dormida. ¿Qué hora es?

–Las cinco y media.

Samantha asintió y se sentó. André se quedó sorprendido al percibir la falta de rigidez de sus movimientos. Era casi como la Samantha que había conocido.

Pero aquella Samantha no estaba en realidad allí, se recordó con pesar.

–¿Ha ido bien tu reunión? –preguntó ella educadamente.

–Sí –contestó André.

Se volvió mientras por su mente volvían a pasar una serie de imágenes que habrían quedado muy bien en una película de terror.

¿En qué estaría pensando?, se preguntó Samantha mientras miraba su espalda. Parecía encontrarse bien. La rabia había desaparecido, y también el afán por conmocionarla para que reaccionara. Sin embargo, era evidente que no se sentía cómodo con lo que lo había sustituido. Algo debía preocuparlo, o no estaría allí de pie con el aspecto de un hombre que no supiera qué hacer a continuación.

–¿Te encuentras bien? –preguntó.

André rio sin humor.

–Lo cierto es que no –dijo, y se volvió hacia ella con una sonrisa de pesar en los labios–. He venido aquí temiendo que hubieras cumplido tu amenaza y te hubieras ido.

–¿Y dónde crees que habría ido? –pregunto Samantha en tono sombrío–. Puede que creas que me gusta estar así, pero no es cierto. Necesito averiguar todo lo que pueda sobre mí y, como bien dijiste, tú eres la única persona que puede ayudarme a hacerlo.

–No pienso que te guste estar así, Samantha –André suspiró–. Estoy seguro de que debes tener bastante miedo de lo que debe significar todo esto.

–¿Éramos...? –Samantha cambió de opinión y se calló.

–¿Qué? –preguntó él, instándola a continuar.

Ella negó con la cabeza.

–No importa.

En lugar de insistir, André dijo:

–Estás volviendo a ponerte un poco pálida.

–Estoy bien –dijo Samantha, y se levantó del sofá–. Creo que voy a tomar una ducha.

–Buena idea. Creo que yo voy a hacer lo mismo.

El ambiente se relajó en cuanto ambos encontraron una excusa para escapar del otro.

–Mi habitación es la de la izquierda –dijo André–. Son muy parecidas, pero si quieres que las intercambiemos...

–La de la derecha está bien –interrumpió Samantha, y empezó a cojear hacia ella sin indicios de dolor. Era asombroso lo que podían hacer un par de pastillas, pensó con ironía.

–Ambos necesitamos comer –dijo él de pronto–. ¿Te parece bien a las siete? –cuando Samantha asintió, añadió–: Muy bien, reservaré una mesa en el restaurante, a menos que quieras comer aquí arriba.

–No –contestó ella rápidamente–. El restaurante está bien –lo último que quería era verse encerrada toda la tarde con él en aquella suite–. Hasta luego.

André observó cómo entraba en su cuarto y finalmente liberó el tenso suspiro que llevaba conteniendo hacia un rato. Esperaba que la débil tregua que acababan de alcanzar durara el tiempo suficiente... pero mucho se temía que no iba a ser así. Era posible que Samantha fuera diferente, pero seguía siendo Samantha. Un fogoso temperamento formaba parte de su naturaleza tanto como la de él. Ese era el motivo por el que habían peleado tanto, por el que se habían amado tanto, y por el que, al final, casi se habían destruido mutuamente.

Pero esa vez no iba a suceder lo mismo, se prometió mientras entraba en su dormitorio. Era posible que Samantha aún no lo comprendiera, pero a ambos se les había concedido una segunda oportunidad y en esa ocasión iban a aprovecharla con sabiduría.

A las siete en punto, tras mirarse por última vez en el espejo, Samantha se encaminó hacia la puerta, razonablemente convencida de que André se iba a sentir bastante aliviado cuando viera cómo se había vestido.

Pues, a pesar de su impresión de que solo tenía ropa barata, poseía un vestido muy elegante y caro que le había regalado amablemente la mujer de uno de los médicos que la había tratado.

Además, se había lavado el pelo y se lo había dejado suelto... sobre todo porque sospechaba que André esperaba que volviera a hacerse su «mojigato» moño. También se había maquillado con detenimiento, prestando especial atención a sus ojeras.

Solo le faltaban unos zapatos de tacón para completar la imagen pero, aparte de eso, estaba lista para ser vista en público con él, se dijo con firmeza, y alzó la barbilla mientras abría la puerta.

André ya estaba en la sala, de pie junto al escritorio y con una mano apoyada en este mientras revisaba unos papeles. Tenía un aspecto magnífico, y eso que simplemente vestía una camisa blanca y unos pantalones grises.

Cuando se volvió a mirarla, Samantha no pudo evitar pensar que no solo era un hombre atractivo, sino peligrosamente atractivo. El color chocolate de sus ojos pareció disolverse mientras la recorría lentamente de arriba abajo con la mirada. Su estructura facial era perfecta, su boca esencialmente masculina, y la configuración muscular que había bajo la tensa camisa blanca hablaba a voces de sexo.

Pero lo que realmente dejó sin aliento a Samantha fue el modo en que se suavizó su mirada cuando se encontró con la de ella.

Él lo sabía. Sabía que se sentía desconcertada y que no sabía cómo enfrentarse a los evidentes problemas de comunicación que había entre ellos. Sin embargo, todo lo que dijo fue:

–Una mujer muy puntual, y también muy bella –tomó los papeles que estaba examinando y añadió–: Podemos ir a comer en cuanto guarde esto.

Entró en su cuarto y salió unos segundos después con la chaqueta del traje. Samantha pensó que, si antes estaba elegante, con la chaqueta parecía un auténtico modelo.

Durante la cena, charlaron tranquilamente de temas inocuos, como la comida, el vino y la industria del ocio. La concentración de André en Samantha y en todo lo que decía era tan intensa, que ella no dejó de sentir un continuo cosquilleo de los pies a la cabeza durante toda la cena. Sus ojos no se apartaron en ningún momento de ella, y su sensual boca no dejó de recordarle el beso que le había dado.

Uno beso que ella había reconocido. Un beso del que había disfrutado. Un beso al que había respondido sin tener que pensar.

Atracción. Samantha era consciente de la atracción física que palpitaba con suavidad en sus venas. Le gustaba la sensación. Y también empezaba a gustarle André. De manera que empezó a relajarse, bajó la guardia e incluso se sorprendió a sí misma riendo en un par de ocasiones.

Pero André lo estropeó todo cuando dijo:

–Tengo una confesión que hacerte.

Samantha se puso de inmediato a la defensiva y la boca de André se tensó, como si fuera consciente de que estaba a punto de estropear lo que estaba siendo una tarde perfecta.

–Antes te he dejado creer que la reunión que he tenido era un asunto relacionado con el hotel, pero no es cierto –explicó–. Lo que he hecho en realidad ha sido ir a ver a tu médico.

–¿Y por qué has ido sin mí? –protestó Samantha de inmediato.

–Porque tenía cosas muy delicadas que decirle y he pensado que sería mejor que no las escucharas.

–Cosas sobre mí, ¿no?

–Sobre ambos.

Los ojos de Samantha destellaron, resentidos.

–¡Se supone que no puede hablar sobre mí con nadie! –dijo, sintiéndose de pronto extrañamente acorralada.

–Y no lo ha hecho –explicó André–. Se ha limitado a escuchar mientras hablaba y luego me ha aconsejado el mejor modo de abordar el problema.

«El problema», pensó Samantha. «Qué detalle por su parte hacerme saber lo que soy para él».

–¿Y qué te ha aconsejado? –preguntó con frialdad.

–Que nos lo tomemos con mucha calma –contestó él, sin apartar la mirada de ella–. Está de acuerdo conmigo en que tu memoria no se encuentra tan escondida como tú crees. El modo en que reaccionas conmigo es suficiente para confirmar eso. Pero el médico no aconseja sesiones intensas de preguntas y respuestas. Cree que es mejor que las cosas sigan su curso natural, porque le preocupa lo de tus desmayos. De manera que tenemos que andar con mucho tiento si no queremos causar más problemas. Quiere verte antes de que volvamos a Londres y...

–¿A Londres? –interrumpió Samantha–. ¿Quién ha dicho que voy a ir a Londres?

–Yo. Ahí es donde vivimos... al menos, es uno de los lugares en los que vivimos –corrigió André en tono irónico–. Una de mis oficinas está en Londres, y también tenemos una casa. El médico sugiere que vayamos allí y tratemos de retomar el hilo de nuestra vida normal para que podamos...

–¿Qué vida normal? –interrumpió ella, tensa–. ¿Qué tendría de normal que me fuera a Londres con un hombre al que no recuerdo, a una casa que no recuerdo, a retomar una vida que no recuerdo?

–¿Y qué tiene de normal no recordar?

Samantha sabía que André tenía razón, pero lo odió por hacerle sentir que no tenía derecho a dirigir su vida.

–Si entre el médico y tú ya habéis decidido lo que más me conviene, ¿para qué quiere verme? –preguntó, resentida.

–Piensa que debe tranquilizarte... y convencerte de que yo no pretendo hacerte ningún mal.

–¿En serio? ¿Y también querrá convencerme de que solo lo hace por mi propio bien? –preguntó Samantha en tono despectivo–. ¡Pues discúlpame por no ver las cosas de ese modo!

–¿Por qué estás tan enfadada? –preguntó él con curiosidad.

Samantha pensó que, si no salía de allí enseguida, iba a arrojarle el vino a la cara.

–Porque has ido a ver al médico a mis espaldas y has hablado se mi situación sin mi consentimiento –espetó–. ¡Y para empeorar las cosas, él te ha permitido hacerlo!

–Yo necesitaba consejo y él necesitaba estar al tanto de todos los hechos para poder dármelo.

–¡Puedes haberle contado todas las mentiras que te haya dado la gana! –replicó ella, a pesar de saber que, en parte, lo que estaba diciendo André era lógico.

–Le he dicho la verdad –contestó él con calma.

–De manera que todo el mundo conoce la verdad sobre Samantha, excepto Samantha. Qué agradable –dijo ella, y se levantó.

–¿Huyendo de nuevo, querida? –preguntó él en tono burlón.

Samantha no se molestó el contestar. ¡No quería hacerlo!, se dijo con ardor mientras se alejaba.

Y lo hizo sin cojear en lo más mínimo, notó André mientras la observaba. Probablemente acabaría pagando por aquel arrebato de orgullo a la mañana siguiente. Suspiró profundamente y terminó de un trago su copa de vino antes de levantarse para seguirla.

Como suponía, la encontró ante la puerta de la suite, rabiosa por no haber podido completar su enfadada marcha encerrándose en su habitación antes de que él llegara. Cuando se acercó a ella para introducir la tarjeta en la ranura, notó que está temblando.

–Samantha...

–No me hables –interrumpió ella, y pasó al interior en cuanto André retiró la tarjeta.

Él la siguió, cerró la puerta y vio cómo entraba en su habitación y se encerraba en ella.

Tal vez no fuera mala idea, se dijo mientras empezaba a notar que un intenso cansancio se apoderaba de él. Había sido un día muy largo para ambos, y una noche de descanso podía sentarles muy bien a ambos. Con un poco de suerte, por la mañana Samantha estaría más dispuesta a comprender lo que había hecho.

Aunque no tenía demasiadas esperanzas de ello, admitió con una mueca que fue una semisonrisa. Porque, aunque ella no se conociera a sí misma, él sí la conocía. Era una mujer con mucho temperamento... y muy testaruda. Pero él estaba preparado para la batalla.

Una batalla que tenía toda la intención de ganar. Ya no había marcha atrás. Y cuanto antes aceptara Samantha esa verdad, mejor les iría a ambos.

Capítulo 7

A LA mañana siguiente, André descubrió que había acertado a medias. Samantha apareció a la hora del desayuno con una blusa malva y una ceñida falda del mismo tono. Ambas prendas afectaron a la libido de André a pesar de la helada actitud de ella.

Había vuelto a sujetarse el pelo en un moño y volvía a cojear. Aquello enfadó a André. ¿Se volvería alguna vez más cautelosa?

Él mismo respondió su pregunta. No. La cautela no era una palabra que apareciera en el diccionario de Samantha.

–Voy a acudir a la cita con el médico –anunció ella mientras se reunía con él en la mesa.

André sabía que eso era todo lo que iba a obtener, y decidió no tentar a la suerte.

–El café está caliente y el zumo frío. Elige –murmuró, y volvió a centrar su atención en el periódico.

En cuanto a Samantha, se negó a reaccionar ante su falta de reacción, aunque estaba segura de que él esperaba que lo hiciera. Aún lo odiaba y estaba muy resentida por el modo en que estaba orquestando su vida.

Y su resentimiento no había disminuido lo más mínimo cuando, un par de horas más tarde, salía de la consulta del médico.

Encontró a André apoyado contra una esquina del escritorio de la bonita recepcionista de la consulta, que lo miraba sonriente y con ojos de cervatillo.

«Ya está flirteando», pensó con mordacidad. ¡Y lo peor era que parecía estar disfrutando de ello! Su resentimiento se transformó en algo realmente feo que ardió como ácido en su pecho.

–Si estás listo –espetó, con el suficiente veneno como para que ambos se volvieran y se fijaran en las chispas que desprendían sus ojos verdes.

La enfermera se ruborizó, pero André no. De hecho, sus ojos comenzaron a brillar peligrosamente. Samantha ignoró a ambos y se encaminó hacia la puerta. Enseguida oyó que André la seguía y tuvo que hacer verdaderos esfuerzos para no volverse y arañarle sus «coquetos» ojos.

–Cuidado –la advertencia fue susurrada en tono suavemente amenazador junto al oído de Samantha, que de pronto se quedó paralizada como una estatua mientras una desesperante sensación de *déjà vu* se apoderaba de ella.

André debió notar el cambio, porque la rodeó de inmediato para poder mirarla y masculló una maldición a la vez que la tomaba por los hombros.

–Estás volviendo a ponerte pálida –dijo con voz ronca.

–¿Se encuentra bien su esposa, señor Visconte? –preguntó la recepcionista, preocupada–. ¿Quiere que...?

–Sácame de aquí –dijo Samantha, tensa–. Necesito un poco de aire fresco.

Sin decir nada, André pasó un brazo por sus hombros a la vez que murmuraba una educada despedida mientras salían. Samantha se apartó de él en cuanto estuvieron fuera. Se sentía acalorada y sofocada, y tuvo que tomar varias bocanadas de aire mientras él la observaba.

–¿Y bien? –dijo André finalmente–. ¿Vas a decirme qué te ha pasado esta vez?

«No, no voy a decírtelo», contestó ella en silencio.

–Lo único que me ha pasado es que ahí dentro hacía demasiado calor.

–Mentirosa. Estabas a punto de desmayarte de nuevo, y ambos lo sabemos.

Samantha recuperó el color... junto con toda su hostilidad.

–¿Acaso piensas someterme a un interrogatorio cada vez que respire? –espetó.

–No –André se encogió de hombros–. Pero si te sientes en forma para escupir, supongo que también te sentirás en forma para caminar, ¿no?

–Vete al diablo –dijo Samantha, y bajó cojeando los escalones que llevaban a la calle.

En cuanto estuvieron en el coche, André preguntó:

–¿Qué ha dicho el médico?

–Exactamente lo que dijiste que diría –replicó Samantha en tono sarcástico–. «Sé buena chica, haz lo que te digan, y todo se arreglará algún día»

Él suspiró.

–¿Por qué sientes que tienes que pelear conmigo todo el rato? ¿Acaso no te ha tranquilizado el médico respecto a mí?

–Ha actuado maravillosamente –aseguró Samantha–. Me ha confirmado que eres quien dices que eres y que yo soy quien dices que soy. Luego me ha hecho un montón de preguntas que, según he deducido, deben haber servido para dar a todo el resto del mundo respuestas respecto a lo que me sucede... ¡ya que todo el mundo parece empeñado en mantenerme en la oscuridad respecto a mí misma! Luego me aconsejó que trabajara contigo, no contra ti, porque tú solo quieres lo mejor para mí.

–Pero tú no lo crees, ¿verdad?

–¿Qué derecho tengo a tener una opinión al respecto? –Samantha rio con amargura–. ¡Solo soy una chiflada que no puede fiarse de lo que le dicen sus instintos!

–¿Y qué te dicen tus instintos sobre mí?

–Que por algún motivo que desconozco quieres manipularme para tu propio beneficio.

–¿En qué sentido? –André solo manifestó curiosidad, no enfado.

Finalmente, Samantha se volvió para mirarlo.

–Estoy dispuesta a hacer un trato contigo. Por cada respuesta que te de, yo obtengo otra.

Mientras André la observaba un momento, ella volvió a mirar de frente, deseando que fuera feo como el pecado, porque eso la ayudaría a mantenerlo a raya. Pero no era feo; era muy guapo, y estaba deseando alargar una mano hacia él para tocarlo, para saborearlo, para perderse en él y no tener que pensar.

–De acuerdo –asintió André con suavidad–. Pregunta.

Aquella respuesta desconcertó a Samantha, porque no la esperaba. Sintió que el pánico volvía a apoderarse de ella y tuvo que respirar profundamente para controlarse.

–No –contestó.

–¿Porque no quieres conocer las respuestas o porque no te sientes preparada para escucharlas?

–¡Porque estoy harta de este estúpido asunto! –exclamó ella, irritada–. ¡Es aburrido! ¡Tú eres aburrido! He perdido la memoria, ¿de acuerdo? ¡No te conozco y, por lo que sé, podrías ser un maníaco sexual del que debería huir!

André rio.

–Si hay algún maníaco sexual en este coche, se encuentra sentado a mi lado –dijo.

–¡Eso es mentira! –exclamó Samantha, que no pudo evitar ruborizarse ante aquella sugerencia.

A modo de respuesta, André se inclinó hacia ella y la besó. Ella ardió como un matorral seco mientras todas las emociones acumuladas en su interior se transformaban en algo completamente distinto y, antes de darse cuenta de lo que hacía, pasó la mano tras el cuello de André para mantener su boca unida a la de ella.

Fue ella quien lo instó a separar los labios, quien profundizó el beso. Y fue ella la que gimió con agonizante placer cuando él le permitió hacerlo.

Y también fue ella quien se encogió de vergüenza cuando tuvo que ser él quien rompiera el beso tras dejar su punto de vista bien claro.

Samantha se sorprendió cuando vio que André se limitaba a acomodarse en el asiento y ponía el coche en marcha con una suavidad que desafiaba la tensión que aún palpitaba entre ellos.

«Maníaca sexual», repitió para sí, y se estremeció. ¿Estaría reprimiendo su cerebro la vergüenza de ser una maníaca sexual? Apartó la mirada de André, la fijó en la carretera y se esforzó duramente por no ahogarse a causa de la sensación de desprecio por sí misma que se había apoderado de ella.

Cuando André detuvo el coche ante el hotel y le ofreció su brazo para avanzar hacia la entrada, ella lo tomó sin decir nada.

Acababan de entrar en el vestíbulo cuando oyó que él maldecía entre dientes.

–Esto no te va a gustar –dijo André–, y a mí menos aún, pero hay alguien en recepción al que ambos conocemos.

–¿Quién... dónde? –preguntó Samantha a la vez que deslizaba la mirada por el vestíbulo.

–Se llama Stefan Reece, y está hablando con un recepcionista al final del mostrador.

Samantha vio a un hombre alto y rubio que charlaba tranquilamente con el recepcionista. Se arrimó instintivamente a André. Él respondió colocándose ante ella para bloquearle la vista.

–No te pongas nerviosa –advirtió–. Es un competidor, eso es todo –dijo, y a continuación mencionó una cadena de hoteles que Samantha reconoció al instante–. Supongo que estará aquí espiando. Todos nos dedicamos a comprobar de vez en cuando si la competencia está ofreciendo mejor servicio que nosotros. Ya que nos ha visto, no vamos a poder evitarlo –dijo, en un tono que indicaba claramente que le habría gustado que las cosas fueran de otro modo–. Pero de ti depende cómo tratemos el asunto. Podemos simular que no sucede nada, intercambiar algunos cumplidos y alejarnos de él antes de que note que te sucede algo, o podemos mantenernos fieles a la verdad y meternos en la complicación de tratar de explicárselo todo.

Samantha también prefería la primera opción. La

mera idea de tratar de explicar que no recordaba quién era le hacía sentir náuseas.

–Notará que cojeo –dijo–. Y la cicatriz... –instintivamente, se cubrió la sien con la mano.

André alzó la suya y le hizo bajarla.

–No –dijo con firmeza–. La cicatriz apenas se percibe excepto en tu mente.

–No tengo mente, ¿recuerdas? –se burló ella–. ¡Y ese hombre se dará cuenta en cuanto me hable!

–Es tu memoria lo que has perdido, no tu valor –dijo André, exasperado–. Todo lo que tienes que hacer es sonreír y dejar que sea yo el que hable. Eso puedes hacerlo, ¿no?

¿Podía?

–¡André, Samantha! –exclamó una grave voz–. ¡Qué agradable sorpresa!

–Tal vez nosotros estemos más sorprendidos que tú –sugirió André en tono irónico mientras estrechaba la mano que le ofrecía el otro hombre.

–Me habéis atrapado con las manos en la masa en el campo enemigo –admitió Stefan Reece–. ¿Qué puedo decir? A menos que te recuerde que la última vez que nos vimos la situación era la contraria –sonrió–. En Sidney, hace más o menos un año, si la memoria no me falla. Estabas echando un vistazo a mi establecimiento... pero sin esta encantadora criatura a tu lado para arreglarme el día. Hola, Samantha –murmuró con calidez a la vez que le ofrecía la mano–. Sigues tan guapa como siempre.

–Gracias –dijo ella. Si Stefan Reece se había fijado en su cicatriz, lo había disimulado muy bien, pensó, y sonrió agradecida. Él tardó más de lo necesario en soltarle la mano, y Samantha notó que André se movía inquieto a su lado.

–¿Qué tal van los negocios? –preguntó André, y su tono sonó tan cercano al enfado, que ella le dedicó una penetrante mirada de advertencia.

–Bien... aunque no tan bien como parece que te van a ti –replicó Stefan Reece–. Lo que me recuerda... –se volvió hacia Samantha y su rostro se animó visiblemente–. El otro día pasé por el Bressingham esperando que ya estuviera abierto, pero...

Samantha había dejado de escuchar. El nombre Bressingham había hecho que algo se agitara en su interior, y de pronto se encontró experimentando un intenso pesar al que no supo cómo enfrentarse. Sin darse cuenta de lo que hacía, clavó las uñas en el brazo en que se apoyaba.

–¿Acabas de llegar, Stefan? –preguntó André con aspereza.

El otro hombre parpadeó, miró rápidamente de uno a otro y pareció darse cuenta de que, de alguna forma, había metido la pata.

–Sí, estaba pidiendo la llave de mi habitación cuando os vi, así que…

–Entonces, permíteme que me asegure de que te den la mejor suite. Paga la casa, por supuesto.

Con un chasquido de dedos, llamó a un empleado y le dio instrucciones para que acomodara a Stephen Reece en una de las mejores suites.

–Habría sido agradable cenar juntos, pero Samantha y yo salimos para Londres esta tarde y…

¿Tan pronto?, pensó Samantha.

–Es una pena –dijo Stefan Reece–. No solemos tener a menudo la oportunidad de...

Samantha se dio cuenta de que su mente parecía conectarse y desconectarse. Concentrarse en frases completas suponía un esfuerzo demasiado grande. No dejaba de oír la palabra «Bressingham» repetida una y otra vez en su mente. Le producía una intensa tristeza, pero no sabía por qué.

André pasó un brazo por sus hombros y la hizo ponerse en movimiento. Se sentía como sumergida en una bruma a través de la cual pudiera oír a los dos hombres. Sin embargo no estaba allí con ellos. Era una experiencia muy extraña caminar y escuchar a pesar de estar sintiendo que se hallaba a muchos kilómetros de allí.

–*Cara*, Stefan se está despidiendo de ti –murmuró una voz a su lado.

–Oh –dijo ella, y parpadeó pero no pudo enfocar la mirada–. Adiós, Stefan. Me alegra haberte visto –las palabras surgieron automáticamente.

Lo siguiente que supo fue que se hallaba en el ascensor y que André la estaba sujetando literalmente contra la pared.

–No hace falta que hagas eso –protestó–. Puedo arreglármelas sola, gracias.

Él se apartó, reacio. Ella notó que estaba preocupado, aunque en esa ocasión no le preguntó qué había causado su extraña reacción.

–No pareces habértelas arreglado muy bien sin mí este último año –dijo André–. De hecho, aseguraría que has hecho de tu vida un caos tratando de arreglártelas por tu cuenta –para reafirmar sus palabras, alzó una mano y tocó con suavidad la cicatriz de la sien de Samantha.

Ella apartó el rostro tan violentamente, que el otro lado de su cara golpeó contra la pared del ascensor.

–¡Estúpida! –estalló André–. ¿Qué creías que iba a hacerte?

–¡No vuelvas a tocarme así! –espetó Samantha–. ¡Te odio! ¡No sé por qué, pero te odio!

André suspiró.

–Estás reaccionando de forma exagerada.

–Tal vez –concedió ella–. Pero...

¿Pero qué?, se preguntó, impotente. Sabía que estaba reaccionando de forma exagerada ante casi todo, pero no podía controlarse.

–Bressingham –dijo con voz ronca–. ¿Qué es Bressingham?

–¿Por qué? –preguntó André, reacio.

–Porque he reconocido el nombre, pero no logro recordar de qué.

–Es la historia de tu vida.

El ascensor se detuvo y entraron dos personas, frustrando la respuesta que Samantha habría querido darle.

De manera que devolvieron educadamente las sonrisas que les dedicaron los recién llegados y permanecieron el silencio mientras el ascensor seguía su camino. Para cuando este se detuvo unas plantas más arriba y los intrusos salieron, Samantha empezaba a preguntarse si su garganta volvería a abrirse alguna vez.

Las puertas se cerraron y volvieron a ascender sin decir nada. En la siguiente parada, André alargó una mano para sostener las puertas e indicarle que habían llegado a su planta.

Reacia, Samantha avanzó cojeando. Cuando iba a pasar a su lado, la voz de André la hizo detenerse.

–No me odias, Samantha. Solo te gustaría odiarme.

Por algún motivo, no supo por qué, ella lo abofeteó de lleno en el rostro.

Durante lo que pareció una eternidad, ambos permanecieron quietos, mirándose, ella sintiendo un dolor y una rabia que no lograba comprender y él una furia apenas controlada.

Haciendo uso del poco sentido común que sentía que le quedaba, Samantha se volvió y se alejó de él temblando. Pero una vez más tuvo que esperar a que él llegara y le abriera la puerta.

En cuanto entró, se dirigió a su dormitorio y, también una vez más, André observó cómo escapaba mientras se decía que lo mejor que podía hacer era dejarla en paz... a pesar de que aún le ardía en el rostro la bofetada que le había dado.

Solo que en esa ocasión no pudo dejarla. En esa ocasión se negó a quedar fuera por una puerta cerrada. Furioso, herido en su orgullo, no se lo pensó dos veces cuando decidió ir tras ella.

Capítulo 8

SAMANTHA estaba en medio de la habitación, tratando de justificar desesperadamente lo que había hecho, cuando la puerta se abrió de repente.

Su corazón comenzó a latir más rápidamente. André estaba enfadado y no podía culparlo por ello. Aún llevaba en el rostro la marca de sus dedos. El remordimiento la impulsó a hablar.

–Lo siento –dijo de inmediato–. No pretendía hacerlo. No sé qué me ha pasado.

André hizo caso omiso de su disculpa. Cerró la puerta con ayuda del pie. Su mirada y la dura línea de su boca no resultaban nada alentadoras. Un escalofrío recorrió la espalda de Samantha, quien decidió que aquel podría ser un buen momento para desmayarse.

Pero no se sentía nada débil. De hecho, se sentía inquietantemente...

–No... no... –balbuceó y alzó una mano para frenar el avance de André–. Quédate ahí. Deja que te explique.

Él siguió avanzando. El miedo y una inesperada excitación se apoderaron de Samantha cuando André se detuvo a escasos centímetros de su temblorosa mano.

–Han sido... veinticuatro horas muy... muy difíciles para mí –explicó, nerviosa–. Estaba alterada y... y he saltado. No quería, pero...

–Adivina quién más ha saltado –dijo André, a la vez que tomaba su mano y la utilizaba para atraerla hacia sí.

Los suaves pechos de Samantha impactó contra el sólido pecho de André. Fue como entrar en contacto con electricidad pura. Ella trató de liberarse, pero ya era demasiado tarde; André había pasado la otra mano por su cintura y la sujetaba con firmeza contra sí. Inclinó su oscura cabeza hacia ella...

Samantha se retorció, protestó, gimió...y le devolvió el beso como si no pudiera saciarse de él. Fue terrible. Se sentía terriblemente avergonzada, pero eso no impidió que presionara más su cuerpo contra la dureza del de él.

Porque deseaba aquello. Deseaba lo que sabía que iba a suceder con la necesidad de una mujer que llevaba demasiado tiempo esperando a que llegara aquel momento.

Demasiado tiempo... repitió en su mente, y supo que era cierto. Demasiado tiempo sufriendo, demasiado tiempo deseando, demasiado tiempo esperando a que aquel hombre acudiera a ella.

Aquel pensamiento hizo que un sollozo atenazara su garganta. André lo sintió y alzó la cabeza para mirarla. Aún estaba enfadado. Ella lo vio en el brillo de sus ojos. Y también vio la pasión, el deseo que lo consumía.

–Has desahogado tu genio conmigo muchas veces, *cara* –dijo–, pero hasta hoy nunca me habías alzado la mano.

–Lo siento –repitió Samantha, y liberó la mano que él sostenía para acariciar la mejilla en que lo había abofeteado.

–Maldita hipócrita... –murmuró él antes de volver a besarla.

Ella sabía que tenía razón, pero eso no impidió que ambos disfrutaran de una sensual serie de besos y frenéticas caricias.

Cuando André susurró algo contra su boca y ella comprendió que pretendía parar, comenzó a desabrocharle casi con desesperación los botones de la camisa para poder sentir bajo sus manos la cálida piel de su pecho. Al instante, André olvidó su intención de parar y deslizó las manos bajo la blusa de Samantha para acariciarla. Ella dejó escapar un dulce suspiro.

–No sabes a qué me estás invitando... –murmuro él.

«Sí lo sé», pensó ella.

–No hables –ordenó, pues temía que las palabras rompieran el embrujo que los rodeaba.

André respondió deslizando la punta de su lengua entre sus labios para que volviera a separarlos. Cuando sus lenguas se encontraron de nuevo, él comenzó a acariciarla por todo el cuerpo, a seducirla con su boca... y la ropa de Samantha empezó a desaparecer. No le importó; de hecho, le gustó que así fuera. André le acarició los pechos, la espalda, la suave curva de su trasero...

Finalmente decidió tomarla en brazos y llevarla a la cama. Tras dejarla con delicadeza sobre el colchón, la miró con ojos oscurecidos por el deseo.

–¿Quieres que paremos ahora?

Hablaba en serio. Samantha supo que si le pedía

que la dejara, lo haría de inmediato. Pero en ningún momento se le había pasado por la cabeza aquella posibilidad. Lo miró a los ojos y susurró:

–No.

Él la recompensó con otro apasionado beso, y no se detuvo allí. Empezó a besarla en todas partes. La besó en la barbilla, en la nariz, en los párpados... y cuando deslizó la lengua en torno a la cicatriz de su sien, Samantha sintió que aquella había sido la caricia más dulce que había recibido en su vida.

Luego, sin dejar de besarla, le hizo entreabrir las piernas y comenzó a acariciar delicadamente con un dedo el centro de su sexualidad, que se abrió como una flor a la luz del sol.

–André... –susurró Samantha, jadeante, y él sintió la poderosa droga del placer recorriendo su cuerpo.

Aquella mujer era suya. «Mía», pensó posesivamente. Cada suspiro, cada estremecimiento de placer, cada célula que conformaba su cuerpo eran suyos. Incluso sus pensamientos pertenecían a él mientras la acariciaba de aquella manera.

Pero no era suficiente. Quería más. Lo quería todo, decidió mientras el poder de su pujante deseo crecía hasta volverse prácticamente incontrolable.

Sin decir nada, se apartó de ella para desvestirse y unos momentos después estaba tumbado a su lado, desnudo, acariciándola de nuevo, besando cada centímetro de su cuerpo, enloqueciendo y haciéndola enloquecer de deseo.

Cuando la penetró lo hizo con tal ardor y fuerza, que Samantha pensó que debería haberle dolido, pero en realidad fue una de las sensaciones más exquisitas que había experimentado en su vida, y le dio la bienvenida en su interior como a un amante largo tiempo añorado.

–André... –susurró de nuevo.

Aquello hizo que él perdiera por completo el control. La penetró una y otra vez, como si fuera un hombre al que hubieran dado su última oportunidad de experimentar aquel nivel de éxtasis. Y ella recibió cada ardiente empujón con un gemido de placer que fue aumentando de intensidad según se acercaba a la meta hacia la que él la estaba llevando.

Sin embargo, cuando la alcanzó se quedó en completo silencio, y la mano de André tembló cuando apartó el pelo de su frente para ver como absorbía las oleadas de placer que estaba provocando con sus movimientos.

Momentos después, se unió a ella. Con un último, lento y delicado empujón, cerró los ojos y sus rasgos se afilaron cuando empezó a derramar su propio y ardiente placer.

Ninguno de los dos fue consciente de nada durante los siguientes minutos mientras volvían a recuperar poco a poco la cordura.

Cuando André se hizo consciente de que estaba apoyando todo su peso sobre ella, se tumbó a su lado, reacio. Permanecieron así largo rato, con los ojos cerrados y los cuerpos totalmente relajados, esperando a que la realidad llegara a imponerse de nuevo. Era la calma después de la tormenta, con otra tormenta aguardando en la distancia, amenazando con romper según lo que decidieran hacer o decir a continuación.

Finalmente, André se volvió para mirar a Samantha y deslizó un dedo por su mejilla.

–¿Estás bien? –preguntó con voz ronca.

Ella asintió y, aunque abrió los ojos, no pareció sentirse capaz de mirarlo directamente, de manera que miró al techo mientras admitía sombríamente:

–Conocía tus caricias.

André detuvo el dedo con el que la estaba acariciando y ella lo tomó con fuerza en su mano.

–Te conocía –añadió.

André no trató de recuperar su dedo.

–Has dicho «te conocía», no «te conozco». ¿Significa eso algo especial?

Samantha cerró los ojos y sintió que una solitaria lágrima escapaba de cada uno de ellos.

–No... simplemente reconozco tus caricias y durante un rato te he reconocido a ti.

Ese era el motivo por el que le estaba aferrando el dedo con tanta fuerza, pensó André con pesar, y quiso llorar con ella, pues todo aquello resultaba muy desconsolador.

–Tengo tanto miedo de no volver a reconocer nada... –susurró Samantha.

André pasó un brazo tras ella y la atrajo hacia sí.

–Todo irá bien, cariño –se esforzó por hablar con seguridad, aunque él no estaba más seguro de nada que ella–. Confía en mí, *cara*, y te prometo que haré que pases por esto rápidamente y con el menor dolor posible.

–¿Será doloroso?

André suspiró.

–Sí –no tenía sentido negarlo. A fin de cuentas, ese era el motivo por el que debían tomarse las cosas con calma.

Y por el que ni siquiera deberían estar allí.

«Eres un estúpido», se dijo. Lo que acababan de

hacer no era precisamente lo que más convenía a Samantha en su estado. «Mantén las manos alejadas de ella hasta que tengas derecho a tocarla», se había dicho, porque era muy consciente de que había perdido ese derecho doce meses atrás. ¿Y qué había hecho? Menos de veinticuatro horas después de haber vuelto a verla, la había tumbado en la cama más cercana y se había tomado todas las libertades que había querido.

«Bien hecho, André», se burló de sí mismo con aspereza. «Al menos, la última vez lograste esperar toda una semana antes de llevártela a la cama. Esta vez apenas has podido esperar un día».

Pero eso no iba a volver a suceder, se prometió. ¡No hasta que Samantha hubiera recuperado todos sus recuerdos!

Estuvo a punto de gemir de frustración cuando ella deslizó distraídamente sobre sus labios la punta del dedo que aún sostenía. El cuerpo de André despertó al instante. Cerró los ojos y obligó a sus sentidos a volver al estado letárgico en que habían estado languideciendo durante todo un año.

–Vamos –salió de la cama y luego se volvió hacia Samantha para ayudarla a hacer lo mismo. Ya se estaba acostumbrando a esperar pacientemente mientras ella utilizaba sus antebrazos como apoyo hasta que conseguía mantener el equilibrio–. ¿Estás bien? –preguntó cuando ella aflojó las manos.

–Mmm –asintió ella.

André bajó la mirada para asegurarse de que se las estaba arreglando bien antes de soltarla. Al hacerlo, su mirada se posó involuntariamente en la mata de rizos pelirrojos que había entre sus cremosas piernas, lo que le recordó ciertos placeres sensuales con los que aún no se había reencontrado... Pero se volvió antes de que ella pudiera ver el efecto que le estaba produciendo.

–Bien. Ahora ve a ducharte y luego prepara tus cosas mientras yo hago lo mismo –dijo mientras recogía su ropa del suelo–. Si es posible, me gustaría salir de aquí antes de una hora.

–¿Aún nos vamos hoy?

El tono de Samantha hizo que André se volviera hacia ella. Seguía donde la había dejado, como una bellísima diosa de Tiziano, con una expresión perdida y asustada que lo conmovió profundamente.

Ella no quería dejar Devon, pues aquel era el único lugar en que había llegado a sentirse mínimamente segura tras el accidente. Pero él no tenía más remedio que insistir en que se fueran, porque el pasado de Samantha estaba en Londres, y también el futuro de él... si acaso ella decidía concederle uno cuando recuperara la memoria.

–Por supuesto –dijo.

–A Londres –murmuró Samantha, y André odió ver la vulnerable expresión de sus ojos. Era imposible permanecer impasible y, con un suspiro, se acercó a ella y la besó una vez más.

–A nuestra casa –corrigió–. A nuestra casa.

Capítulo 9

PASÓ más de una hora antes de que uno de los dos pronunciara algo más que unas frustrantes sílabas con naturalidad.

Las barreras habían vuelto a alzarse entre ellos en cuanto André había dicho «nuestra casa». Samantha sospechaba que él había alzado su barrera porque no iba a cambiar de opinión y no quería discutir al respecto. Ella había alzado la suya porque habría querido protestar pero carecía de base real para ello.

Era lógico que André quisiera llevarla de vuelta a su casa, razonó. Probablemente allí encontraría la clave de su situación y, si quería recuperar la memoria, su casa era el lugar más lógico para buscarla.

Pero aceptar todo aquello no evitaba que temiera la llegada del momento. De manera que era más fácil estar callada, que arriesgarse a meter la pata hablando.

Era evidente que el silencio estaba afectando a André, porque no dejaba de lanzarle miradas rápidas y tensas mientras conducía.

–¿A dónde crees que te llevo? –explotó finalmente–. ¿Al infierno y la condenación?

Al ver que Samantha volvía el rostro hacia la ventanilla y se negaba a responder, empezó a mascullar maldiciones, la mayoría de ellas en italiano, que describían sus irritación con las mujeres malhumoradas, el tráfico de las autopistas británicas y toda la situación en general.

–¿Siempre has tenido tan mal genio? –preguntó Samantha en tono irónico cuando por fin se calló.

–No, lo aprendí de ti –replico–. Con cualquier otro soy frío como un témpano.

–Eso me sorprende.

–¿Por qué? Dirijo una importante multinacional, y eso no se puede hacer con eficiencia si uno deja que las emociones manden sobre la cabeza.

–El temperamento italiano tiene fama de ser muy volátil –dijo Samantha.

Fue como agitar un pañuelo rojo ante un toro enfadado.

–También hago el amor en italiano –espetó André, aunque ni siquiera él comprendió el paralelismo.

–Pero tu nombre es francés, ¿no?

Él asintió.

–Mi madre era francesa y mi padre italiano –explicó–. Pero yo nací y me crié en la ciudad de Filadelfia. Solías llamarme «mestizo» –añadió con una sonrisa–, y yo solía replicar llamándote...

–«Gata callejera» –dijo Samantha.

André retiró el pie del acelerador. Ella se irguió en el asiento y permaneció en silencio, anonadada.

–Lo recuerdas –susurró André, que tuvo que hacer verdaderos esfuerzos para concentrarse en la conducción mientras Samantha se ponía pálida a su lado. Al mirarla de reojo empezó a preocuparse–. Háblame –dijo.

Pero enseguida quedó claro que no podía hacerlo. André echó un rápido vistazo a los espejos y empezó a cambiar de carriles por si tenía que detenerse en el arcén. Mientras lo hacía apoyó su mano izquierda en las de Samantha, que las tenía enlazadas con firmeza sobre su regazo.

–Háblame –repitió con firmeza.

–Estoy bien –susurró ella, pero ambos sabían que no era cierto–. No voy a sufrir un ataque de histeria.

André vio en ese momento un cartel que anunciaba un área de servicio cercana y dio las gracias en silencio a quien fuera que hubiera decidido ponerla allí.

Unos minutos después, detenía el coche en el aparcamiento del área de servicio. Bajó de inmediato y fue a abrir la puerta de Samantha. Aún estaba demasiado pálida, demasiado quieta.

–Vamos –dijo, y tiró de ella con suavidad para que saliera del coche.

Samantha obedeció sin decir nada, enterró el rostro en el cuello de André y permaneció así largo rato, tratando de absorber parte de su energía y calidez.

–Lo siento –murmuró finalmente, y se irguió–. Me ha conmocionado oírme a mí misma diciéndolo y saber que era cierto.

André apoyó las manos en sus mejillas y le hizo alzar el rostro.

–No creo que tenga importancia –hizo un esfuerzo por mostrarse desenfadado–. Supongo que lo que debería preocuparnos de verdad sería que ni siquiera ocasionalmente pudieras recordar nada.

–¿Fue eso lo que dijo el médico?

–Sí. Pero se supone que yo no debería forzar la situación en absoluto, cosa que he hecho al mencionar el pasado. De manera que debería ser yo el que se disculpara, no tú.

Fue un detalle tan dulce que dijera aquello, que Samantha sintió ganas de empezar a llorar. El debió captarlo en su expresión, porque su tono se volvió repentinamente animado.

–Ya que hemos parado, no estaría mal que tomáramos un sándwich y algo de beber.

Tema zanjado, pensó Samantha, que no tenía ninguna gana de discutir aquella decisión.

Media hora después, estaban de vuelta en la carretera y empezaba a anochecer. Después de tomar un sándwich y un café, Samantha se sentía un poco mejor, menos tensa respecto a la idea de ir a Londres y más relajada con André.

–Háblame de Bressingham –dijo.

Él la miró un momento antes de volver a concentrarse en la carretera.

–El Bressingham es un hotel –contestó escuetamente.

Samantha frunció el ceño.

–¿Uno de los tuyos? –cuando André asintió, añadió–: ¿Es ahí donde te conocí? ¿Yo trabajaba en el Bressingham?

–Sí.

–Y ese es el motivo por el que Stefan Reece relaciona específicamente ese hotel conmigo –concluyó ella.

–¡Mira eso! –exclamó de pronto André, a la vez que señalaba algo delante de ellos–. Me temo que está a punto de caernos encima un chaparrón terrible.

Y tenía razón. El agua empezó a caer sobre ellos un segundo después.

–Ahora, nada de hablar mientras me concentro –añadió, y puso en marcha los limpiaparabrisas.

A Samantha ni se le ocurrió discutir cuando vio la tromba de agua que se les venía encima y que redujo en un instante la visibilidad al mínimo.

Poco después, André puso la radio para aligerar el silencio. Era una emisora de pop y no se molestó en cambiarla. A Samantha no le molestaba la música. Poco después, entre esta y el rítmico movimiento de los limpiaparabrisas, se quedó adormecida.

De reojo, André vio cómo se relajaba su cuerpo, y por fin pudo liberar parte de la tensión que atenazaba el suyo. Había una línea divisoria muy fina entre mentir descaradamente y cambiar la verdad un poco, y su conciencia le decía que había cruzado aquella línea durante la conversación que estaban manteniendo justo antes de que comenzara a llover.

Pero, precisamente, el Bressingham era uno de los principales motivos por los que se encontraban en aquella situación, y hasta que hubiera decidido qué tema abordar primero no pensaba abordar ninguno.

Dejó de llover cuando circulaban por Kensington Road. Como si hubiera notado que los limpiaparabrisas ya no estaban sonando, Samantha se estiró, abrió los ojos... y se encontró mirando un par de ojos marrones cálidamente familiares.

–Hola –saludó André con suavidad.

–Hola –respondió Samantha, tímida ante la intimidad de su mirada. Sabía que sentir aquello era una estupidez después de lo que habían compartido, pero simuló estar muy ocupada sentándose adecuadamente para dejar de mirarlo.

–¿Dónde estamos? –preguntó.

–Atascados en medio del tráfico –contestó André en tono irónico–. Has dormido más de una hora –añadió mientras hacía avanzar al coche lentamente–. He supuesto que no dormiste demasiado anoche.

La noche anterior parecía muy lejana para Samantha.

–Ha dejado de llover –dijo. Era su forma de ignorar la pregunta implícita de André.

–Solo hace un instante –replicó él, y giró en la siguiente calle. Samantha reconoció los nombres de los lugares, pero no sabía por qué. Si alguien le hubiera preguntado, habría asegurado que nunca había vivido en Londres.

–Tienes una casa y varios hoteles en Londres –dijo–. ¿No sería más cómodo ocupar una de tus propias suites que añadir el gasto de la casa?

–Un modo de pensar muy prudente –André sonrió.

Su sonrisa hizo que el corazón de Samantha latiera más rápidamente, pero no sus palabras, pues era muy consciente de que la prudencia había sido su compañera más cercana durante el último año.

–Vivir en hoteles todo el tiempo es como vivir donde trabajas –continuó André–. Los hoteles están muy bien si solo necesitas pasar unos días en ellos. Pero nosotros preferimos nuestro propio espacio.

Samantha no pasó por alto la sutileza con que André la estaba incluyendo en lo que decía.

–Así que tenemos un apartamento en Nueva York –siguió él–, otro en París y otro en Milán. Y una villa en el Caribe para cuando necesitamos relajarnos en la playa unos días.

–Qué indolentes –dijo Samantha con ironía.

–Cuando nos apetece –asintió André–. Pero el resto del tiempo trabajamos realmente duro y viajamos mucho.

–Y nos alojamos en suites de lujo, como la de Exeter.

–Gajes del oficio.

–Extravagantes gajes del oficio.

–Pero un magnífico estilo de vida. Te encanta –añadió él en tono burlón.

–¿A mí? –Samantha se volvió a mirarlo. No sabía si le gustaba cómo la estaba describiendo.

André disminuyó la marcha del coche y giró a la derecha. Unos momentos después, lo detenía ante unas altas verjas de metal flanqueadas por arbustos bien cuidados. Tras estas, se veía una preciosa casa blanca parecida a una pequeña mansión georgiana.

Las verjas empezaron a abrirse automáticamente. El coche avanzó y se detuvo de nuevo ante el porche delantero de la casa.

Samantha salió del vehículo y se quedó mirando la casa. Todo en ella parecía muy blanco, impecable, muy elegante y, sin embargo...

«No me gusta este lugar», pensó de repente, y se estremeció.

Desde el otro lado del coche, André observaba atentamente su reacción, y no se le pasó por alto el estremecimiento. Sus hombros se cargaron de tensión mientras esperaba a que dijera algo. Necesitaba que Samantha le diera una pista de lo que le estaba pasando para decidir cómo reaccionar. La casa podía ser la llave que abriera la caja de los truenos. Sin duda, había motivos para ello.

Pero también había creído que al verlo a él por primera vez habría reaccionado con violencia, pero no había sido así.

Tampoco había bastado la mención del Bressingham.

–¿Tú y yo vivimos aquí? –preguntó ella, insegura.

André relajó los hombros.

–Sí –confirmó, y le asombró que su voz sonara firme cuando en realidad estaba temblando de alivio–. Recogeré el equipaje luego –dijo sin mirarla, y entró bajo el porche para abrir la puerta–. ¿Vienes?

«No», contestó Samantha en silencio, sin comprender porque la estaba afectando tanto la visión de aquella casa. La sensación era demasiado fuerte como para ignorarla, de manera que permaneció junto al coche y miró a André mientras abría la puerta.

El aliento se paralizó en su garganta y pareció congelarse allí, sofocándola. André se había quedado muy quieto, como si también él estuviera esperando que sucediera algo trascendental. Ella sintió que la cabeza empezaba a darle vueltas.

«¡No!», se dijo con firmeza. «¡No pienso volver a desmayarme!»

Él debió sentir su silenciosa batalla, porque se volvió de pronto hacia ella, grande, fuerte y devastadoramente atractivo. Samantha pensó que sus sentimientos hacia él eran tan fuertes, que resultaba casi doloroso, pues no podía creer que él sintiera lo mismo por ella.

–Dime por qué te casaste conmigo –susurró.

Él la miró con dureza.

–¿Por qué se casa cualquier hombre con una mujer bella? –replicó.

La «belleza» no entraba en la ecuación. Samantha ni siquiera quería oír hablar de ella. Cambiaba demasiado el énfasis de lo que la preocupaba. Hacía que la belleza pareciera más importante que la mujer en sí.

Sin embargo... Bajó la mirada y frunció el ceño, porque la «belleza» no parecía ser el problema. Lo que la preocupaba era otra cosa... pero no lograba recordar qué era.

–Si pudiera volver a casarme contigo mañana lo haría –dijo André mientras avanzaba hacia ella con expresión seria–. Si volvieras a huir, no dejaría de buscarte hasta el día que muriera.

–Pero no hiciste eso la primera vez –susurró ella con voz ronca.

André sonrió, pero ella no supo decidir si había sido una sonrisa de desprecio, de ironía, o de burla. De pronto estaba junto a ella y la atrapó contra el coche con su cuerpo, con su fuerza... con su rabia. Sus ojos destellaron como diamantes negros.

–No fui yo quien te perdió, *mia cara* –dijo en tono incisivo–. Fuiste tú la que se perdió.

Saltaron chispas entre ellos. El cerebro de Samantha se llenó de pronto de impulsos eléctricos. Se abrieron puertas en él, pero apenas pudo captar un destello de lo que sucedía tras ellas antes de que volvieran a cerrarse. Su corazón comenzó a latir más rápidamente.

Habló la boca y quiso hablar, pero no pudo, porque la enfadada mirada de André la estaba obligando a admitir lo que acababa de decir.

Tenía razón... ¡tenía razón! Su mente, poseída por el pánico, empezó a gritarle. Había preferido huir como una cobarde y perderse que enfrentarse a lo que la había asustado, fuera eso lo que fuese.

¡Qué patético!, pensó, y miró con dureza los implacables ojos que la estaban obligando a enfrentarse con su propia cobardía. Rogó a su mente que dejara de jugar estúpidos juegos con ella para que pudiera resolver el dilema que hacía que André le pareciera a la vez su compañero del alma y su peor enemigo.

–Te quiero, ¿verdad? –se oyó decir.

La mirada de André se oscureció aún más.

–Sí –confirmó.

–Y te hice mucho daño. Una vez me lo sugeriste.

Él aparto la vista, irritado.

–Durante una temporada –confirmó–. Pero si crees que te he traído aquí con intención de vengarme, estás equivocada, porque yo te hice mucho más daño a ti del que tú trataste de causarme.

Lo que implicaba que su matrimonio no había sido un camino de felicidad y rosas, concluyó Samantha. Pero eso ya había quedado claro.

Ambos tenían mucho temperamento y eran muy testarudos.

Volvió a mirar la casa por encima del hombro. Ya no le producía tanto miedo... aunque seguía sin saber por qué había sentido aquello al verla.

–Sigo sin recordar –dijo–, pero quiero hacerlo.

–Bien –André asintió y se apartó de ella–. Eso quiere decir que por fin estamos progresando un poco. ¿Cómo está tu rodilla?

«Tácticas de distracción», pensó Samantha, y al bajar la mirada vio que tenía la rodilla derecha doblada, de manera que todo su peso caía sobre la izquierda.

Ninguno dijo nada mientras ella doblaba y estiraba la pierna para aflojar su rigidez. En cuanto puso el pie en el suelo alargó instintivamente el brazo hacia André a la vez que él se lo ofrecía. Luego se volvieron hacia la casa.

–Parece un poco grande para nosotros dos solos, ¿no? –dijo Samantha.

–Ha... pertenecido a la familia mucho tiempo.

Algo en el tono de André hizo que ella se detuviera y lo mirara. Él estaba de perfil, pero vio que su boca se había endurecido visiblemente. Cuando volvió el rostro hacia ella, Samantha vio que algo destellaba en sus ojos, algo tan intenso, tan violento, que se echó instintivamente atrás.

–¡Al diablo con todo! –exclamó, y se inclinó para tomarla en brazos.

–¿Qué haces? –preguntó ella, y sintió que el corazón se le subía a la garganta–. ¡No soy una inválida! ¡No necesito que me lleves en brazos.

–¡Eres mi esposa! –espetó él–. ¡No necesito ninguna excusa para hacer lo que quiera contigo!

–¡Pero no estaría mal que antes me pidieras mi consentimiento!

André se detuvo en el umbral de la puerta, inclinó la cabeza y la besó de un modo tan apasionado que parecía que pretendía silenciar su protesta.

Cuando alzó la cabeza, supo que lo había conseguido.

–Sí –murmuró–. Puede que no sepas quién eres, pero te aseguro que antes de que acabe el día vas a saber «qué» eres.

–¿Qué te pasa? –preguntó Samantha, desconcertada–. ¿Por qué estás de pronto tan enfadado?

–¡Esposa! –replicó él, como si eso lo respondiera todo–. ¡Mi esposa! *¡Ma femme a moi! ¡La mia moglie!* –añadió en tres idiomas, como un recién casado que condujera a su esposa virgen hacia su destino.

Solo que Samantha no se acababa de casar con él y tampoco era virgen, como ya habían comprobado con toda claridad. Pero sus intenciones tampoco la asustaron. Como mucho, se sintió terriblemente excitada.

La puerta se cerró tras ellos y Samantha captó una vaga impresión del clásico interior georgiano de la casa mientras él avanzaba por el vestíbulo hacia unas escaleras.

–André...

–Cállate. No se te ocurra repetir mi nombre hasta que te haya tumbado en la cama.

–¿Por qué? –preguntó ella con curiosidad.

–Porque normalmente evitas decirlo. De hecho, solo lo dices cuando no te das cuenta de que lo estás diciendo. Eso me vuelve loco. Me hace sentir como si solo tomara forma física en el reino de tu imaginación.

Empezó a subir las escaleras mientras Samantha pensaba en lo que había dicho y se daba cuenta de que había sido una descripción perfecta. Si lo tocaba, lo reconocía, pero en cuanto se apartaba de él se convertía en una sombra.

–Lo siento –susurró, y besó a André en la barbilla a modo de disculpa.

Pero el beso se convirtió de pronto en algo totalmente distinto... en un lascivo mordisco con el que estuvo a punto de hacerle sangre, aunque no fuera ese su propósito. El objetivo era saborear su piel, saborear al hombre. Fue algo totalmente compulsivo, un deseo que surgió de la nada y que la dejó completamente desconcertada.

–Bruja –murmuró él entre dientes, pero era obvio que le había gustado.

Entraron en una habitación cuya puerta cerró de inmediato y, apoyado en ella, besó a Samantha con tal intensidad que parecía querer devorarla.

Y a ella no le habría importado que la devorara. Era así de sencillo.

Ni siquiera cuando la dejó en el suelo apartó los labios de ella. Aquello era deseo, ardiente y febril deseo. Aquello era sexo en su manifestación más básicamente animal.

–Eso no lo has olvidado, ¿verdad? –murmuró él contra su boca–. ¡Aún recuerdas cómo seducirme!

Samantha apoyó una mano en su pecho y le dedicó una provocativa sonrisa que hizo que André perdiera el contacto con los últimos restos de razón que le quedaban.

–No eres de este mundo –dijo con voz ronca y volvió a tomarla en brazos para llevarla a la cama.

–¿Y tú? –susurró ella–. ¿Eres real o no?

–Estas a punto de averiguarlo –dijo él mientras la tumbaba sobre el colchón.

Tras desvestirla, se irguió para quitarse los pantalones. Mientras lo hacía, ella alzó un pie y comenzó a acariciarle el pecho con él. André entrecerró los ojos y le dedicó una mirada que prometía venganza. Ella no sabía que aquella era la auténtica Samantha desplegando sus juegos sensuales. Si lo hubiera sabido, no estaría seduciéndolo, sino gritándole como una maniaca.

Pero el instinto se había adueñado de la situación y, con o sin recuerdos, el instinto era el instinto. Y el verdadero instinto de Samantha era provocar, juguetear y seducir hasta que volvía loca a su pobre víctima.

Lo que no le decía su memoria era que él conocía sus artimañas. Cualquier cosa que ella quisiera ofrecerle él podía devolvérsela multiplicada por diez. Ese era uno de los ingredientes que había hecho que su matrimonio fuera tan excitantemente volátil. Pero, como con cualquier sustancia volátil, también era peligrosamente impredecible. Y era esto último lo que había acabado por destrozarlos... porque ninguno de los había sido capaz de confiar en que el otro no se comportaría así con otras personas.

La desconfianza los había llevado a las sospechas, y las sospechas a las mentiras. Cuando André conoció a Samantha, esta tenía al menos tres novios haciendo cola. ¿Otros tres hombres que la conocían así? ¿Otros tres amantes para compartir la adicción? Aquella idea impulsó a André a tomar algunas medidas realmente desesperadas para ser el único que disfrutara de aquella hermosísima y sensual mujer.

Un mes después, y creyendo arrogantemente que el matrimonio sería todo lo que necesitaría para dominar a la tigresa que vivía en el interior de Samantha, estaban casados. Pero lo único que logró André fue descubrir que él tenía su propio tigre dentro, esperando a saltar a la primera oportunidad.

A pesar de descubrir que era virgen, pudo comprobar cómo Samantha desarrollaba rápidamente un intenso apetito sexual. El tigre de André eran los celos. Tuvo que perderla para descubrir que su fachada de seductora escondía un corazón vulnerable, que solo deseaba que él la quisiera, pero que no se atrevía a creer que fuera así.

Los celos eran el depredador natural del amor, de manera que André había alimentado el deseo de Samantha y había reprimido lo que más necesitaba ella de él: su amor. Y al final eso la había matado, o casi, visto con lo que se había quedado: el deseo por su cuerpo y un temor tan grande de amarlo que prefería no recordar nada a tener que volver a pasar por aquel tormento.

¿Y qué revelaba todo aquello sobre él?, se preguntó mientras seguía ante ella, desnudo, sintiendo las tentadoras caricias de su pie sobre el pecho.

–¿André? –dijo ella con gesto interrogante, pues le pareció que llevaba demasiado tiempo sin hacer otra cosa que mirarla.

«André». Oír su propio nombre hizo que él sintiera un profundo desprecio por sí mismo.

–No –dijo con voz ronca, y se volvió para no tener que ver la decepción que sin duda reflejaba en aquellos momentos el rostro de Samantha.

Ella no dijo nada, y su silencio fue más cortante que una cuchilla.

–No volveremos a hacer esto hasta que lo hagamos como iguales –dijo.

–¿Iguales? –susurró ella.

–Sí –ladró André, y se volvió tras subirse la cremallera de la bragueta–. Quiero que cuando digas mi nombre conozcas a ese hombre llamado André al que estabas a punto de entregar tu cuerpo.

Samantha se había erguido en la cama y él vio que sus preciosos ojos verdes brillaban a causa de la vergüenza. Un intenso sentimiento de culpabilidad se apoderó de él. Él había empezado aquello. Había cedido a la tentación después de haberse prometido no hacerlo.

–Lo conozco –dijo Samantha–. Es una rata.

André pensó que tenía razón. Sonrió burlonamente.

–Esa rata va a ir a la cocina en busca de algo que comer –dijo en tono sarcástico–. Vístete y ven a reunirte conmigo cuando estés lista.

Salió del dormitorio antes de que Samantha le arrojara algún objeto contundente. Después de todo, los instintos eran los instintos, y los de Samantha eran muy peligrosos...

Capítulo 10

SAMANTHA permaneció sentada, hundiéndose en silencio en el pozo de su propia humillación. Porque todo había sido culpa suya. Era posible que André hubiera empezado, pero no había duda de que ella lo había alentado. Cuando debería haberse apartado de él, lo había besado y lo había provocado como una obsesa sexual.

Obsesa sexual. Se estremeció y se levantó de la cama con intención de recoger su ropa y ponérsela Estaba a punto de hacerlo cuando, sin pensárselo dos veces, la dejó caer, volvió a meterse en la cama y se sumergió en un profundo y oscuro sueño que se vio rápidamente invadido por ninfas danzantes y terribles diablos.

Despertó horas después, con la cabeza tan abotargada, que casi parecía que tenía una mala resaca.

Aquello sí que sería una novedad, pensó con una sonrisa, y fue al baño a ducharse. Después, fue al vestidor, donde eligió una larga bata japonesa de seda verde, y volvió al dormitorio mientras se ataba el cinturón. Tenía la cabeza inclinada mientras observaba sus dedos, y sus movimientos eran tan suaves y relajados como los de cualquiera que estuviera en su dormitorio, en su propia casa.

André debía haber salido, pensó, distraída. Y Raoul también, lo cual significaba que tenía la casa para ella sola...

Entonces fue cuando se fijó en la maleta que había junto a la puerta. Frunció el ceño y, al oír un ruido al otro lado de la habitación se volvió y vio a André junto a la ventana, con las manos en los bolsillos y cara de pocos amigos.

–Veo que has encontrado tu ropa –dijo él y, de pronto, una puerta se cerró en seco en la mente de Samantha, que cayó redonda sobre la mullida alfombra.

Lo siguiente que supo fue que estaba tumbada en una cama desconocida, vestida con una preciosa bata verde de seda y que había un desconocido inclinado sobre ella. Era un hombre bastante joven y de buen aspecto.

–Hola –saludó amablemente cuando vio que Samantha lo estaba mirando–. Preciosos ojos. Me alegra que los hayas abierto.

–¿Dónde estoy? ¿Quién eres?

–Soy médico –el hombre volvió a sonreír–. Me llamo Jonathan Miles, aunque mis amigos suelen llamarme Jack.

Samantha notó en ese momento que le estaba tomando el pulso.

–Ahora estate quieta un momento mientras miró tus ojos con esta linterna...

Ella obedeció.

–¿Qué ha pasado? –preguntó mientras el médico le iluminaba uno de sus ojos.

–Te has desmayado –explicó–. André estaba preocupado y me ha llamado para que te echara un vistazo.

André. La bruma que se había adueñado de la mente de Samantha empezó a esfumarse.

–¿Sabes dónde estás? –preguntó el médico con delicadeza.

–Sí.

–¿Puedes decirme lo último que recuerdas antes de desmayarte?

–De pronto he sabido quién era, y al darme cuenta me he desmayado.

–¿Qué te ha hecho darte cuenta?

«Él», quiso espetar Samantha. «Lo odio. No quiero volver a verlo». Cerró los ojos de nuevo.

–Preferiría no hablar de ello.

El médico se echó atrás y suspiró.

–¿Porque te altera demasiado o porque es un tema demasiado íntimo?

«Ambas cosas», pensó Samantha, y se negó a contestar. El médico le tocó delicadamente la cicatriz de la sien. Ella abrió de inmediato los ojos y lo miró con dureza.

–Buen trabajo –dijo él, y sonrió de nuevo–. La marca desaparecerá por completo con el tiempo. ¿Qué tal está tu rodilla?

–Bien –contestó ella, tensa–. Como todos mis demás problemas, solo necesita tiempo.

El médico observó unos momentos su expresión de enfado y asintió.

–Comprendo. En ese caso, supongo que no querrás que te hagan unas radiografías de la cabeza para asegurarnos de que...

–No –interrumpió Samantha con firmeza.

–Sí –dijo otra voz–. Si lo consideras necesario, Jack, se las hará.

Samantha se cubrió los ojos con una mano en el momento en que oyó a André.

–No eres tú quien debe decidirlo –oyó que decía el médico con firmeza.

Si hubiera tenido los ojos abiertos, habría visto la expresión de frustración de André.

También habría visto que el médico tomaba sus dos frascos de pastillas de la mesilla de noche y que, tras leer las etiquetas, abría uno de ellos y sacaba una pastilla antes de guardárselos en el bolsillo.

–Toma esto –dijo, y le alcanzó la pastilla junto con un vaso de agua.

Samantha apartó la mano de su rostro. Frunció el ceño al ver la pastilla, pero cuando la reconoció la tomó obedientemente, cerró los ojos una vez más y esperó a que el suave tranquilizante hiciera su efecto.

Sintió que el colchón se movía cuando el médico se levantó.

–André sabe dónde localizarme si me necesitas, Samantha.

–Hmm –dijo ella–. Gracias –y se alegró de saber que el médico se iba.

En cuanto Jack le hizo un gesto con la cabeza, André se encaminó hacia la puerta. Se sentía fatal y, por su expresión, el médico parecía pensar que se lo merecía.

–No sé a qué crees que estás jugando, André –dijo Jack Miles en cuanto estuvieron fuera–, pero te advierto que es un juego peligroso.

–No es ningún juego –protestó André.

–Me alegra que lo sepas, pero si me has llamado para pedirme mi opinión, creo que te estás pasando. La amnesia es algo muy delicado. Apenas sabemos nada sobre ella. Pero yo diría que Samantha está empezando a recordar, y opino que necesitaría estar en un entorno controlado.

–No –se negó André al instante–. Estás hablando de hospitales, y Samantha y ha pasado demasiado tiempo metida en uno de ellos.

–Eso no significa que tú seas su mejor opción.

–¡Soy su única opción! –espetó André–. Ella reacciona conmigo. Necesita que esté a su lado, y no pienso volver a dejarla.

Jack observó la tensa expresión de su amigo e hizo una mueca.

–Así que esta es tu cruzada particular, ¿no?

–Sí –replicó André en tono cortante, y comenzó a bajar las escaleras. Ya que no le estaba diciendo nada nuevo, quería que Jack se fuera cuanto antes.

Cuando se detuvieron ante la puerta principal, el médico sacó los dos frascos de pastillas del bolsillo y se los entregó.

–Toma. Mantenlos alejados de ella –aconsejó–. Dale una pastilla solo cuando lo consideres necesario.

André sintió que se le secaba la boca.

–¿Crees que podría...?

–¡Creo que Samantha está conmocionada! –explotó de pronto Jack–. ¿Cuándo la encontraste? ¿Hace dos días? ¿Cuántas veces has dicho que se ha desmayado o ha estado a punto de desmayarse desde entonces? ¿Quién sabe lo que está sucediendo en el interior de su cabeza? Yo no, desde luego. Tú tampoco. Ella tampoco. Esta noche, por ejemplo... –continuó, furioso–, se duerme, despierta y empieza a utilizar el dormitorio como si no hubiera dejado de hacerlo durante todo un año. Pero de pronto vuelve del pasado al presente... ¡no es de extrañar que se desmaye!

–Comprendo –dijo André mientras guardaba los frascos en el bolsillo de su pantalón–. Gracias por haber venido tan rápidamente, Jack. Te lo agradezco.

Jack asintió con ironía.

–Pero no la opinión que te he dado, ¿verdad? De todos modos voy a darte un consejo antes de irme. Si sientes que debes ocuparte personalmente de este problema, tomátelo con calma. Samantha debe sentir que cuenta con tu apoyo, con tu consuelo. No debes presionarla lo más mínimo –advirtió, serio–. Con un poco de suerte, los recuerdos irán aflorando sin resultar traumáticos.

–Pero no crees que vaya a ser fácil, ¿no?

–Como ya ha quedado claro, Samantha está recordando por destellos inconexos, y tú eres el gatillo que los dispara. Haz el favor de no apretar ese gatillo, o el tiro podría salirte por la culata.

Ya le había salido por la culata doce meses atrás, pensó André mientras se encaminaba hacia el cuarto de estar después de despedir a Jack. Cuando entró, fue directamente al bar. Necesitaba un whisky. Mientras se lo servía, sus ojos se posaron en una foto enmarcada que se hallaba sobre un antiguo escritorio, la única pieza de mobiliario que Samantha llevó a la casa cuando se casaron.

Tomó la foto y observó los rostros de los dos jóvenes que sonreían en ella. Luego, con una violencia que surgió de la nada, tiró la foto al suelo y el cristal se rompió en pedazos.

A la mañana siguiente, Samantha bajó las escaleras y siguió el aroma a tostadas y café recién hecho. Su estómago empezaba a exigir comida a voces, y el hambre le dio el coraje necesario para abrir la puerta de lo que supuso que era la cocina, a pesar de no saber con qué iba a encontrarse en el interior.

Dentro estaba André, colocando rebanadas de pan en el tostador. Se miraron un momento con mutua cautela, sin decir nada.

André fue el primero en hablar.

–Hola –saludó, y volvió a prestar atención a lo que estaba haciendo–. ¿Ha llegado el olor a café hasta tu dormitorio?

–Lo que ha llegado ha sido el olor a tostadas –Samantha trató de sonar tan relajada como él parecía estarlo–. Estoy muerta de hambre –admitió.

–Conozco la sensación. Yo tampoco comí casi nada ayer. Siéntate –sugirió–. El desayuno estará listo en unos segundos.

Samantha fue a sentarse a la gran mesa que había en el centro de la cocina y, para no mirar a André, decidió interesarse por lo que la rodeaba.

La cocina era una maravilla, con una mezcla de muebles de madera y acero inoxidable que le daban un ambiente muy moderno a la vez que acogedor.

–¿Quién la he decorado? –preguntó con curiosidad.

–Mi madre –contestó André mientras amontonaba las tostadas en un plato–. De ahí viene la influencia francesa que hay en toda la casa.

Su madre. El corazón de Samantha se encogió.

–¿También vive aquí tu madre? –preguntó.

–Murió hace años.

–Lo siento –murmuró ella.

André se encogió de hombros mientras se volvía para dejar el plato y la cafetera en la mesa.

–No llegasteis a conoceros –dijo, y se volvió de nuevo hacia la encimera.

–¿Y tu padre? –preguntó Samantha.

André dejó sobre la mesa una bandeja con tazas, leche, azúcar y mantequilla.

–Murió cuando yo tenía diez años.

–Oh, lo siento –repitió Samantha, y decidió que lo mejor que podía hacer era mantener la boca cerrada.

Para llenar el silencio reinante, alineó las tazas ante sí mientras se devanaba los sesos en busca de algo que decir.

–Supongo que una casa de este tamaño contará con un pequeño ejército de empleados domésticos –comentó.

–Vienen a diario durante la semana –explicó André mientras se sentaba frente a ella–. Hoy es sábado.

–¿Los conozco? –Samantha tomó la cafetera.

–Conocías a la señora Saunders, que es la que lleva la casa. En cuanto al resto, no lo sé.

–Oh –Samantha sirvió café en las dos tazas, añadió azúcar a una, leche a la otra y luego pasó la primera a André.

–Gracias –murmuró él.

Ella asintió, dio un sorbo a su café, tomó una tostada, la dejó en su plato y se quedó mirándola, aturdida.

–¿Qué pasa? –preguntó él con brusquedad–. ¿Sucede algo malo? ¿Puedo...?

–Falta un cuchillo –dijo Samantha.

André miró unos momentos la mesa y enseguida se levantó para sacar un par de cuchillos de un cajón.

–Te has hecho daño en el dedo –observó Samantha al notar que llevaba un esparadrapo en el dedo índice de la mano derecha.

–Se me ha caído un vaso –mintió André mientras dejaba los cuchillos en la mesa–, y me he cortado al recoger los trozos. ¿Quieres que saque mermelada?

Samantha negó con la cabeza y él volvió a sentarse. Un incómodo silencio volvió a instalarse entre ellos.

–¿Puedes...?

–¿Tienes...?

Ambos hablaron a la vez, y ambos se interrumpieron al unísono.

–Tú primero –ofreció André.

«¡Magnífico!», pensó Samantha. Había olvidado lo que iba a decir. «La historia de mi vida», pensó burlonamente.

–Creo que sí voy a tomar esa mermelada –dijo.

André se levantó de inmediato.

–No esperaba que fueras tú por ella –espetó Samantha–. Solo tenías que decirme dónde estaba.

El frasco de mermelada aterrizó con un golpe seco sobre la mesa.

–No hay problema –replicó él en tono cortante.

«Cerdo mentiroso», pensó ella, y se puso en pie. André aún no se había sentado.

–¿A dónde vas? –preguntó, impaciente.

–Eres tú el que no para de levantarse.

–Siéntate de una vez y come –ordenó él, irritado.

–No tengo hambre...

–¡Siéntate y come! –repitió, enfadado.

–¡No puedo! –exclamó Samantha–. ¡Me siento como si me tuvieras atrapada bajo la lente de un microscopio!

André suspiró.

–De acuerdo. Comprendido. Comeré después. ¡Pero tú haz el favor de comer algo!

A continuación, salió de la cocina, y Samantha se sintió culpable de inmediato. De todos modos, comió y, cuando terminó, preparó más café y tostadas, puso todo en una bandeja, respiró profundamente para darse valor y salió en busca de André.

Le resultó más fácil de lo que esperaba encontrarlo. Se limitó a seguir el sonido de su irritada voz y lo encontró sentado tras el escritorio de un precioso estudio lleno de estanterías que parecían tan antiguas como la casa.

Estaba hablando por teléfono, pero en cuanto vio a Samantha interrumpió la conversación y colgó.

–Es una oferta de paz –Samantha sonrió, nerviosa, y dejó la bandeja sobre el escritorio–. Siento haberme puesto tan... tonta en la cocina.

–Ha sido culpa mía –dijo André al instante.

–No. La culpa ha sido mía. Estaba nerviosa... de hecho, aún lo estoy –admitió.

–Sirve el café.

Samantha hizo una mueca de pesar al ver la frialdad con que André se había tomado su disculpa. Sirvió el café, le ofreció la taza y él la tomó sin darle las gracias, aunque sus ojos brillaron con algo parecido a la diversión.

–Es usted un hombre muy duro, *Signor* Visconte –dijo en tono irónico, y se volvió para salir del estudio.

–Y usted la mujer más impredecible que he conocido, *Signora* Visconte –replicó él.

–¿Eso es un cumplido o una crítica?

André rio.

–Un cumplido, desde luego. No te vayas –añadió al ver que Samantha parecía decidida a irse.

«¿Y ahora qué?», se preguntó ella mientras se volvía de nuevo, dispuesta a volver a alzar sus defensas si era necesario.

–Dame dos minutos para consumir tu... «oferta de paz», y luego te enseño la casa, si quieres...

Aquel «si quieres» hizo que las defensas de Samantha se tambalearan. Estaba asintiendo cuando sonó el teléfono. Aquello ayudó a que los siguientes momentos pasaran sin tanta tensión. Mientras André contestaba ella fue a echar un vistazo a las estanterías. Contenían montones de primeras ediciones que debían ser muy valiosas.

–¿Ha leído alguien todos estos libros? –preguntó cuando André colgó el teléfono.

–No que yo sepa. Pertenecían a mi abuelo italiano. Esta casa pertenecía a su madre inglesa. La mezcla de culturas que circula por mi sangre es asombrosa –dijo en tono burlón.

«El mestizo», pensó Samantha, y sonrió para sí.

–Deberían estar en un museo –dijo.

–¿Los libros, o mi familia?

Samantha se volvió hacia él y rio.

–Los libros.

Los ojos de André brillaron al verla reír por primera vez y el corazón de Samantha latió más deprisa. Pero el brillo desapareció enseguida y ella se tranquilizó.

–Los libros pertenecen a la casa –dijo André–. Yo soy solo su guardián. Ni siquiera mi muy francesa madre, que no respetaba nada que no fuera francés, se atrevía a tocarlos.

–Dices eso con mucho cinismo, pero tu madre se casó con un italiano que vivía en los Estados Unidos. Supongo que eso significa que lo quería mucho.

–Ese fue su primer matrimonio. Se casó por segunda vez un año después de la muerte de mi padre. Su segundo marido era francés, como ella.

Samantha frunció el ceño.

–Creía que habías dicho que te criaste en Filadelfia.

–No por elección de mi madre, sino de mi padre. Él era el que tenía el dinero y, por tanto, el poder... incluso desde la tumba –el cinismo del tono de André se acentuó–. Si mi madre quería utilizar el dinero, debía hacerme permanecer donde este se generaba, pues yo era el único heredero.

–No te llevabas bien con ella –murmuró Samantha.

–Estás equivocada –dijo André con frialdad–. La adoraba. A ella y a Ra...

Se interrumpió de repente y apretó los labios. El incómodo silencio que se produjo fue nuevamente interrumpido por el teléfono. André descolgó el auricular.

–¿Qué? –dijo con aspereza, y frunció el ceño mientras escuchaba.

Samantha se preguntó a qué habría venido su repentino silencio. ¿Le habría molestado que le preguntara por los libros? ¿Por su madre? ¿Por el padrastro cuyo nombre no había terminado de pronunciar?

–¿Ahora mismo? –preguntó André–. De acuerdo –se levantó–. No, ahora está bien. Tendré que ponerme un traje adecuado, pero enseguida estoy ahí –colgó y miró a Samantha–. Tengo que irme. Lo siento. ¿Te importa ver sola la casa?

–Claro que no –aseguró Samantha.

–Gracias –murmuró él–. No creo que tarde –dijo mientras se encaminaba hacia la puerta–. Haz lo que te apetezca mientras estoy fuera. Siéntete como en casa.

–Pensaba que era mi casa –susurró Samantha cuando André salió, y se sintió un poco ofendida por la rapidez con que lo hizo... casi como si hubiera sentido un gran alivio al tener una excusa para alejarse de ella.

«No», se reprendió. «Es un hombre importante que dirige una multinacional. Es lógico que tenga que mantener sus prioridades en perspectiva».

Suspiró, tomó la bandeja y se la llevó a la cocina pensando que empezaba a sentirse como una auténtica esposa: apenas valorada y marginada.

–He pensado... –la voz de André llegó desde la puerta–. Me esperarás aquí, ¿verdad? No sentirás la tentación de salir sin...

–¿Sin que estés aquí para vigilarme? –terminó Samantha por él a la vez que se volvía y le dedicaba una penetrante mirada.

–Simplemente creo que no debería dejarte sola ahora –explicó André.

Ella frunció el ceño.

–Ve a tu reunión. No soy estúpida y no tengo intención de cometer ninguna estupidez.

–Y no hay duda de que esa es la señal para que me vaya de aquí antes de que empecemos otra pelea –dijo André con sarcasmo.

La expresión de Samantha se ensombreció.

–¿Las cosas eran siempre así entre nosotros?

–Sí. Peleamos como hacemos el amor: sin barreras.

–En ese caso, no me extraña que nuestro matrimonio apenas durara un año –dijo ella, y al ver que André estaba a punto de decir algo le dio la espalda–. Hasta luego –añadió, pues no tenía ningún deseo de discutir.

Él debió pensar lo mismo, porque se fue con un simple «adiós».

Fue un alivio que se fuera. Un alivio tener tiempo para caminar por la casa sin sentirse constantemente vigilada por un par de ojos oscuros que parecían esperar que cada cosa que veía fuera la llave mágica para abrir las puertas de su memoria.

La casa no lo fue. Tras recorrerla, la única conclusión que sacó Samantha fue que la madre de André poseía un gusto realmente impecable. Nada le produjo miedo ni inquietud, a excepción de una habitación de la planta superior que estaba cerrada con llave. También había atraído especialmente su atención un precioso escritorio de nogal que se hallaba en el cuarto de estar y cuya superficie había acariciado como si se tratara de un viejo amigo al que no veía hacía tiempo.

Al margen de aquello, la casa le había encantado, cosa que le pareció ligeramente desconcertante, pues no llegaba a comprender por qué se suponía que habría querido huir de allí.

O del hombre que vivía allí, pensó con un ligero estremecimiento.

Suspiró y decidió llamar a Carla al Tremount. Había prometido mantenerse en contacto, y en aquellos momentos sentía la necesidad de escuchar una voz amiga.

Pero la conversación no resultó tan reconfortante como esperaba...

Capítulo 11

ANDRÉ entró en la casa y fue directamente al cuarto de estar en busca de Samantha. Frunció el ceño al no encontrarla allí, pero enseguida escuchó el chapoteo procedente de la piscina contigua. Abrió la puerta que comunicaba con esta y la vio nadando con su magnífico estilo de siempre.

Era una sirena. Siempre lo había sido. En cuanto tenía oportunidad buscaba una piscina en la que sumergirse, y a André le produjo una gran satisfacción verla allí nadando.

Su primer impulso fue desnudarse y reunirse con ella, pero se contuvo, pues sabía que sería más prudente no hacerlo.

Al menos, suponiendo que la Samantha que estaba nadando fuera la nueva Samantha, pensó. Ni siquiera creía que ella supiera cuántas veces había ido y venido del pasado durante aquellos últimos días. Él no se había dado cuenta hasta aquella mañana, cuando ella le había servido el café a su gusto sin necesidad de preguntarle cómo lo quería.

Pero no pensaba arriesgarse a averiguar con cuál de las Samanthas iba a encontrarse a base de darle un susto metiéndose en la piscina.

De manera que, en lugar de advertirla de su presencia, se volvió con la intención de salir de allí tan silenciosamente como había llegado.

–Vaya, vaya, vaya –oyó a sus espaldas cuando estaba a punto de cerrar la puerta–. Pero si el ocupadísimo magnate se ha dignado a malgastar un poco de su tiempo para venir a saludar...

El tono de Samantha hizo comprender a André que, fuera la antigua o la nueva, estaba enfadada por algo. Al volverse la vio nadando en el centro de la piscina.

–¿Pretendes decirme algo especial con ese comentario? –preguntó.

–Sí –replicó ella, y giró sobre sí misma para ponerse a nadar de espaldas.

Aunque no sabía cuál de las dos Samanthas le estaba hablando, André se acercó al borde de la piscina.

–En ese caso, explícate –sugirió.

–Solo estaba comentando tu ajetreado modo de vida –replicó ella sin dejar de nadar–. Hoy compras un hotel aquí, mañana otro allí... ¿te has planteado alguna la posibilidad de parar? ¿Te has dicho alguna vez «no necesito otro hotel»?

André se quedó helado. Estaba hablando de hoteles.

–¡Sal del agua! –ordenó con aspereza.

–¿Disculpa? –Samantha dejó de nadar para mirarlo.

–Ya me has oído. Quiero que te acerques al borde de la piscina y salgas del agua. ¡Hablo en serio! –añadió al ver que ella no se movía–. ¡Si no sales ahora mismo, voy a tirarme por ti!

Para enfatizar su amenaza se quitó la chaqueta y la tiró a un lado.

Desconcertada, Samantha hizo lo que le decía y salió de la piscina.

–¿Qué te pasa? –preguntó, enfadada–. ¡Sé nadar como un pez! No necesito que...

–¿Y si te hubieras desmayado mientras estabas en el agua? – interrumpió él–. ¿De qué te habría servido saber nadar como un pez en ese caso?

Samantha apoyó las manos en sus caderas y lo miró con gesto retador.

–Solo tratas de distraer mi atención de lo que estábamos hablando. ¿Acaso crees que no me he dado cuenta de lo a menudo que sueles hacerlo? Pero esta vez ya puedes ir olvidándote, André, porque esa táctica no te va a funcionar...

André. Acababa de llamarlo André.

–Así que vamos a hablar de hoteles –continuó ella en tono sarcástico–. Y también de taimados magnates capaces de adueñarse de las personas así como de los hoteles...

–¡Yo no me adueñé del Bressingham! –negó André, enfadado–. Y tampoco me aproveché de tu padre. De hecho, fue al revés...

Samantha sintió que algo cambiaba de pronto en su interior. Una repentina confusión se apoderó de su mente.

–Estaba hablando del Tremount y de Carla –murmuró, muy despacio–. La he llamado mientras estabas fuera. Me ha dicho que tú...

Su voz se fue apagando hasta que enmudeció. Su mirada se perdió en el vacío. «Su padre, el Bressingham», repetía su mente una y otra vez. «Carla y el Tremount», se corrigió.

–Lo... lo has comprado –continuó, perpleja–. De

pronto, Carla piensa que eres un hombre maravilloso, cuando solo hace unas horas...

Volvió a interrumpirse y miró a André, que se había puesto muy pálido.

–Ne... necesito sentarme –dijo, y se dejó caer en la silla más cercana.

Sentía mucho frío y nada en su cuerpo parecía funcionar. Su corazón y sus pulmones se habían quedado en suspenso, como preparándose para una fuerte conmoción.

–Samantha...

Era la voz de André, reconoció ella como si estuviera a gran distancia. Oyó sus pasos acercándose.

–*Cara mia*, escúchame...

Su voz sonaba extraña, distante...

–¿Por qué hay una habitación cerrada con llave en la planta de arriba? –preguntó ella de pronto.

Los pasos se detuvieron. Samantha alzó la mirada y vio que André estaba a su lado.

–Es un almacén –contestó él–. Ahí guardo mis archivos personales...

–Mentiroso –dijo ella, y apartó la mirada. André mantenía aquella puerta cerrada porque era el dormitorio de Raoul.

¡Raoul!

Samantha se puso en pie tan bruscamente que su rodilla se resintió. André dio un paso hacia ella.

–¡No te acerques! Estoy bien. No voy a desmayarme. Pero no te acerques mientras...

Una vez más, las palabras murieron en su garganta.

–No te encuentras bien –dijo él con voz ronca–. Estás empezando a...

–Recordar –concluyó ella por él.

Y finalmente sucedió. Los recuerdos llegaron con la brusquedad de una columna de fuego que se hubiera alzado de pronto de entre los rescoldos de su memoria.

–Oh, Dios santo –murmuró, y empezó a temblar. André, su padre, Raoul, el Bressingham–. André... –murmuró, dolida.

Él se acercó de inmediato y, tras ponerle el albornoz sobre los hombros, la hizo retirarse del borde de la piscina, como si temiera que fuera a caer en ella.

Samantha apenas se dio cuenta. La llamarada de la verdad era una rugiente columna de fuego en el interior de su cabeza.

–Me mentiste –susurró.

–Sí, por omisión –confirmó él.

–Me engañaste deliberadamente.

–Eso no es cierto. Solo recibiste la mitad de la información. El resto...

Samantha se apartó de André y fue cojeando hasta la puerta que daba al cuarto de estar. Él la siguió en silencio mientras ella se acercaba al escritorio de nogal. Al tratar de abrirlo comprobó que estaba cerrado.

–Te llevaste la llave cuando te fuiste –dijo André.

«La llave», pensó ella, y se inclinó para palpar con la mano la base del escritorio. Un instante después sacaba una llave dorada que estaba allí sujeta con un trozo de cinta de embalar. Era una llave sobrante que su madre puso allí y que seguía en el mismo lugar cuando el escritorio pasó a pertenecer a ella. Tenía entonces quince años y estaba terriblemente apenada. Pero acariciar el nogal del escritorio siempre había sido como ponerse en contacto con su madre. Lo hizo en aquel momento y de inmediato tuvo aquella sensación especial.

Entonces, los ojos se le llenaron de lágrimas, porque de pronto comprendió que no tenía ni una sola cosa que le recordara del mismo modo a su padre. Ya no. André se lo había quitado todo.

Hizo un esfuerzo por contener el llanto e introdujo la llave en la cerradura. Esta se abrió con un suave clic.

Dentro del escritorio había más recuerdos. Recuerdos muy queridos, especiales, amontonados en los diversos compartimentos del interior. Cartas, felicitaciones de cumpleaños, fotografías...

También había otras cosas. Cosas que no pertenecían a aquel lugar, pero que ella había decidido guardar allí para que no estuvieran a la vista.

La llama ardió con más intensidad. No tenía control sobre ella. Le mostraba e Bressingham, a su padre, a Raoul, luego el Bressingham de nuevo, edificios, pequeñas escenas que se esfumaban casi al instante. Se vio a sí misma el día de su boda, vestida de blanco y sonriendo. Se vio de luto en el funeral de su padre, inconsolablemente triste. Vio el vestíbulo de un hotel prácticamente reducido a escombros. André frunciendo el ceño. Raoul sonriendo con suficiencia. Palabras escritas en trozos de papel que apenas pudo leer...

–Me traicionaste –susurró.

–No es cierto –negó André.

–¿Dónde está Raoul?

–En Australia –André parecía preparado para responder a sus preguntas según surgían–. Lleva allí doce meses.

Había un importante motivo por el que André le había dado aquella información, pero Samantha no supo deducir cuál era. Estaba demasiado ocupada recordando otras cosas: verdades dolorosas con conclusiones terribles.

–Trató de violarme en esta misma casa –murmuró–. Y tú dejaste que se saliera con la suya.

No hubo respuesta para aquel cargo, pero a Samantha no le sorprendió. Cuando André se había interrumpido aquella mañana no iba a declarar el amor que profesaba a su padrastro... sino a su hermanastro Raoul.

Raoul, el pequeño, el mimado, el malvado y retorcido, el manipulador...

Las lágrimas amenazaron con derramarse de nuevo. Samantha alargó una mano, tomó unos papeles del escritorio y se los entregó a André sin mirarlo.

–Esto te pertenece –dijo–. Me los dio Raoul.

Su corazón pareció aletargarse mientras él revisaba la prueba documentada de los acontecimientos que le llevaron a convertirse en dueño del hotel Bressingham... el mismo día que se casó con Samantha Bressingham.

–Toda una dote, ¿no te parece? –Samantha sonrió en un gesto de desprecio–. El Bressingham te salió realmente barato, ¿no?

–No saques conclusiones sin estar en posesión de todos los datos –aconsejó André, serio.

–¿Quieres decir que aún me esperan más recuerdos como estos? Qué consuelo.

–No todos son desagradables.

–Sí desde mi punto de vista –replicó Samantha y, sin decir nada más, salió del cuarto de estar y subió las escaleras.

Mientras avanzaba por la planta superior pasó junto al dormitorio de Raoul. La última vez que cruzó aquella puerta fue para interrogarlo sobre los papeles que acababa de entregarle a André. Agradeció que la puerta estuviera cerrada con llave, pues no pensaba volver a cruzar aquel umbral nunca más.

En cuanto entró en su dormitorio, enterró el rostro entre sus manos. Le temblaba todo el cuerpo y le dolía tanto la cabeza, que lo único que quería era meterse en la cama y dormir.

Pero eso era precisamente lo que había estado haciendo durante los doce meses anteriores, se dijo. Había estado durmiendo para no enfrentarse al hecho de que se había enamorado de un hombre que la había engañado y le había mentido desde el principio.

Su precipitado matrimonio había sido una hábil maniobra por parte de André para poder realizar su sueño de hacerse con el Bressingham. Era un hotel de más de ciento cincuenta años de antigüedad que poseía una gran reputación. Solo hacía falta mencionar su nombre para que los ojos de la gente se iluminaran. Así de conocido era, así de cálido y especial.

Por eso se habían iluminado los ojos de Stefan Reece cuando mencionó el Bressingham, y por eso se había dirigido específicamente a ella al mencionarlo. Había pertenecido a la familia de Samantha desde que abrió sus puertas a sus primeros huéspedes, y ella era el último miembro vivo de aquella familia.

Pero no era por aquellos motivos tan sentimentales y tontos por los que personas como André o Stefan Reece habrían estado dispuestos a hacer cualquier cosa por hacerse con el hotel. Para ellos, su importancia radicaba en dos elementos muy sencillos: su localización en la ciudad y su nombre.

Comprar el nombre Bressingham era comprar un ganador seguro. De manera que, si para comprarlo era necesario adquirir también a la hija del dueño, ¿por qué no hacerlo? A fin de cuentas era joven, guapa, y funcionaba de maravilla en la cama.

–Oh, Dios mío. Me odio –gimió Samantha, pero se tensó de inmediato al oír que llamaban a su puerta.

Sintió náuseas.

–Vete al diablo –dijo, y fue rápidamente al baño.

Mientras se encerraba oyó que André trataba de entrar en el dormitorio a pesar de lo que le había dicho. Aquel hombre era inmune a los sentimientos de otras personas. Por eso había cerrado la puerta de la habitación; para que no pudiera entrar. Al menos en ciertos aspectos lo conocía. André no era ningún cobarde a la hora de enfrentarse a los problemas.

A diferencia de ella, pensó Samantha sombríamente. ¡Había convertido en toda una vocación el no enfrentarse a ellos!

Casi como si acabara de lanzarle un reto, su mente empezó a repasar la horrible escena que tuvo lugar allí mismo doce meses atrás. Mientras ella estaba en su habitación, duchándose, Raoul entró en el dormitorio que ella compartía con André y dejó un fajo de documentos en su cama. Luego volvió a su dormitorio a esperar el resultado de su acción.

Samantha sabía por qué lo había hecho. Solo una hora antes se le había insinuado y ella lo había rechazado con toda la frialdad posible.

Aquellos papeles habían sido la venganza de Raoul. Tras leerlos, asqueada, Samantha fue a su dormitorio a decirle lo que podía hacer con aquella sarta de mentiras.

Pero la cosa no salió como esperaba. Raoul había

sido muy listo; sabía exactamente lo que estaba haciendo cuando había entrado en su dormitorio aquella noche.

–Oh, vamos, Sam –murmuró con ironía–. Todos sabemos que eres una gatita muy caliente. Ni siquiera el machito de mi hermano sabe con quién te acuestas cuando él está de viaje.

–Eso es mentira –replicó Samantha, pálida–. ¡No hagas eso! –espetó cuando Raoul alzó las manos para tocarla. Las apartó de un manotazo y se echó atrás.

Él sonrió.

–Pero si somos familia –murmuró en tono burlón–. Y sabes muy bien que a mi hermano le gusta que todos recibamos nuestra parte. Le hace sentirse bien y en control de la situación. «¿Quieres dinero, Raoul? Por supuesto que puedo darte dinero. ¿Quieres un coche? Aquí tienes un cheque.¿Quieres vivir en mi casa? Vive en mi casa. Lo que es mío es tuyo».

–Si crees que eso me incluye a mí, más vale que te lo pienses dos veces –replicó Samantha con frialdad.

–¿Y por qué no iba a incluirte a ti? Esos papeles sobre el Bressingham pueden hacerte ver exactamente el lugar que ocupas en los planes de mi hermano. Fuiste una adquisición muy poco hostil, Samantha –dijo con crueldad–. Venías incluida con lo demás para ser utilizada a voluntad.

–¿Cómo puedes ser tan miserable, Raoul? –replicó ella–. ¡Yo soy la dueña del Bressingham! ¡Mi padre me lo dejó en su testamento!

–¿En serio? –Raoul parecía muy seguro de sí mismo; tanto, que Samantha empezó a dudar–. ¿Decía el testamento que dejaba el hotel Bressingham a su preciosa hija y suficiente dinero como para devolverle su antigua gloria?

Él sabía que no era así. Samantha empezó a temblar. Él testamento de su padre solo decía que ella heredaba todas sus posesiones. André se había ocupado de todo. ¿Y por qué no? Ella habría sido capaz de confiarle su vida, y en aquella época se sentía terriblemente triste por la muerte de su padre, su héroe desde el día que había nacido. Ni siquiera sabía que estaba enfermo. Le había ocultado tantas cosas para que no sufriera...

¿Habría incluido en su afán por protegerla la venta del Bressingham a André?

Samantha pudo ver su propio rostro con la expresión que debió tener aquella noche en el dormitorio de Raoul. Vio la palidez que lo poseyó al comprender que Raoul podía tener razón. Y si tenía razón sobre una cosa, podía tenerla sobre las demás. Tal vez ella estaba incluida en el trato. Tal vez André se había casado con ella porque su padre había insistido en que el Bressingham quedara en la familia Bressingham

Con un nuevo estremecimiento, abrió el agua de la ducha y se quitó el albornoz y el bañador. No quería recordar nada más, pero su mente decidió otra cosa. Cuando se metió bajo el agua, el resto de la terrible escena pasó por su mente.

Raoul tratando de tocarla, ella apartándolo de un manotazo, él disfrutando con ello, burlándose de ella con palabras y gestos hasta lograr que el pánico se apoderara de ella. Pero Raoul era grande y fuerte, y no le dio la más mínima opción. Lo que siguió fue una horrible experiencia que continuó como una frenética lucha en la cama de Raoul... y entonces André entró en la habitación.

Samantha agitó la cabeza para dejar de recordar

todo aquello. Lo que necesitaba era salir de allí cuanto antes, decidió. Necesitaba tiempo y espacio para aclarar sus ideas, porque en esos momentos no sabía quién era, qué era, ni por qué.

Cuando André vio que Samantha bajaba las escaleras, supo que se enfrentaba a un grave problema. Había estado allí esperándola, suponiendo que iba a enfrentarse a una máscara de frialdad en lugar de a un auténtico rostro. Pero era peor que eso. Iba completamente vestida de negro y llevaba en una mano su maleta.

Estaba a punto de enterrar su matrimonio.

–¿Vas a algún sitio? –preguntó con suavidad.

Ella no se molestó en contestar ni en mirarlo mientras pasaba junto a él.

André alargó una mano y le quitó la maleta. Samantha se detuvo y sus ojos despidieron fuego cuando lo miró.

–Tenemos que hablar –dijo él.

–No. No tengo nada que decirte –replicó ella, y siguió avanzando sin la maleta y con la cabeza alta.

Pero André estaba decidido a hacerle hablar.

–¿Has oído alguna vez el viejo dicho «si pudiera volver atrás, interpretaría la escena de otra manera»? –dijo con calma–. Pues esta es tu oportunidad, *cara*. No la pierdas interpretando la escena del mismo modo.

Samantha se detuvo y él sintió que lo había logrado.

–No puedo hablar de eso ahora –murmuró, insegura–. Necesito tiempo para...

–Llevas doce meses malgastando el tiempo –interrumpió él con gravedad.

–¡De acuerdo! –Samantha se volvió rápidamente–. ¿Quieres que interpretemos la escena de otro modo? ¡Adelante! –exclamó, furiosa–. Llegaste aquí una noche, viste lo que estaba sucediendo en esa habitación que ahora tienes cerrada... ¡y al instante me culpaste por ello!

–¡Era el dormitorio de Raoul! –replicó André–. ¡Estabais en su cama! ¿Cómo habrías reaccionado tú si me hubieras encontrado con otra mujer en la cama?

–Oh, no –Samantha negó con la cabeza–. No vas a eludir la culpa cambiando de argumento. Estabas allí. Lo viste. Sacaste tus conclusiones... ¡Necesitaba tu ayuda, pero lo único que conseguí fue que me llamaras «ramera»!

–Fue una reacción inconsciente –se defendió André, lívido–. Perdí la cabeza.

–Raoul dijo que no sabías con quién me acostaba mientras estabas fuera –dijo Samantha, tensa–. No le creí entonces, pero es la verdad, ¿no?

–No –negó André, pero no fue capaz de mirarla a los ojos, porque era cierto que siempre había temido que Samantha llegara a sentir la tentación de experimentar lo que era hacer el amor con otro hombre–. No había razón para que te fueras de aquí como lo hiciste –se oyó decir, y enseguida reconoció la debilidad de aquel argumento,

Ella lo miró con desprecio.

–¿Y qué esperabas que hiciera? ¡Echaste a Raoul y luego viniste a insultarme antes de irte! No estaba dispuesta a quedarme esperando a comprobar qué hermano decidía volver primero a terminar lo que había empezado. Así que me fui. ¿Qué mujer no lo habría hecho?

–Fui al Bressingham –explicó André–. Pasé la noche en el antiguo despacho de tu padre, emborrachándome. Ya estaba amaneciendo cuando por fin recapacité y volví. Pero tú ya habías hecho el equipaje y te habías ido... y también Raoul.

–Y sacaste tus conclusiones, claro –Samantha sonrió con amargura–. No es de extrañar que tardaras un año en encontrarme.

André suspiró.

–No fue así. Yo...

–No quiero saberlo –Samantha se volvió de nuevo hacia la puerta.

–Devon –dijo él, consciente de que se estaba agarrando a cualquier excusa para retenerla allí–. ¿Por qué elegiste ir a Devon?

–Es un lugar en el que tenía recuerdos felices de mi infancia –contestó ella en tono burlón, sin volverse–. Solíamos pasar las vacaciones allí... en el hotel Tremount casualmente –añadió con ironía–. Supongo que por eso me sentía tan cómoda trabajando allí... Ahora lo has comprado. Carla piensa que eres maravilloso y todo el mundo es feliz.

–Excepto tú.

–Sí. Excepto yo.

–Pensé que comprenderías que lo he comprado para ti.

Samantha volvió la cabeza al oír aquello.

–¿Como compraste el Bressingham? –preguntó con dureza, y se volvió de nuevo con intención de salir.

André sentía una intensa frustración. No habían resuelto nada. Samantha lo odiaba y él no tenía cómo defenderse. Si se iba en aquel momento, todo habría acabado. Estaba convencido de ello.

–Incluso a un condenado a muerte le dejan hablar unos momentos en su propia defensa, *cara*...

Samantha se llevó una mano a la sien en un gesto de inseguridad que André había captado ya varias veces.

–No puedo quedarme aquí –murmuró, insegura.

–Bien –dijo él de inmediato–. En ese caso iremos a otro sitio.

En el momento en que avanzó hacia Samantha ella se puso rígida.

–Quiero estar sola.

–No –la respuesta de André fue sólida como una roca. En cualquier otra circunstancia, la habría tomado entre sus brazos y la habría besado hasta hacerle perder el sentido, pero esa era otra escena que ya habían interpretado, y debían interpretarla de otro modo. De manera que suspiró pesadamente, hizo caso omiso de sus protestas y le hizo volver el rostro hacia él–. ¿Tienes idea de lo débil que pareces? –dijo con suavidad–. Date un respiro, Samantha. Dame un respiro a mí. Podrías desmayarte en plena calle. Así que te pido que me dejes salir contigo, por favor...

No supo si fue el «por favor» lo que lo logró, o el contacto de sus manos, o la mirada de súplica que le dirigió, pero algo hizo que ella se rindiera.

–Ven si quieres –dijo Samantha, y se apartó de él.

Sin dudarlo, André la rodeó y abrió la puerta principal. El sol cayó de lleno sobre ellos.

–¿Dónde quieres que vayamos? –preguntó.

–Al Bressingham. Necesito ver lo que has hecho con él.

Capítulo 12

EN cuanto cruzaron las pesadas puertas de caoba, Samantha volvió a sentir deseos de llorar. André permaneció a su lado en silencio, a la espera de su primera reacción.

–Está terminado –susurró ella.

–Sí, pero aún tiene que pasar la prueba principal –André sonrió brevemente cuando ella se detuvo en medio del vestíbulo, donde empezó a girar lentamente mientras observaba cada detalle del lugar.

–No ha cambiado nada –dijo, maravillada.

Estaba realmente asombrada por lo que estaba viendo. De hecho, apenas podía creerlo. La última vez que había estado allí el hotel se hallaba reducido a escombros. Hacía poco que había enterrado a su padre, y sintió que era el final de toda una era.

Pero todo había vuelto a ser como antes. El mismo aspecto, el mismo olor, la misma pátina en las mismas piezas de caoba, talada siglos atrás y preservada desde entonces por capas de cera que ella misma había aplicado siendo niña. Incluso la escalera que llevaba al comedor era la misma.

Atraída por un poder más fuerte que su voluntad, subió unos escalones y acarició la barandilla como si acabara de reencontrarse con una vieja amiga.

Nacida en el hotel, había crecido y trabajado allí desde el momento en que había tenido edad suficiente para llevar un plato sin dejarlo caer. Su alma residía en aquel edificio. Conocía cada rincón, cada recoveco, cada trozo de madera, cada pintura de la pared...

Y todo volvía a estar como antes.

–¿Qué te parece? –preguntó André.

–Es... perfecto –susurró ella. Era consciente de que, tras su fachada exterior, el hotel debía haber experimentado importantes cambios estructurales para ponerse al día, pero lo que había surgido de sus escombros conmovía su corazón–. Casi no puedo creerlo...

–¿Por qué? ¿Acaso creías que iba a poner el sello de los Visconte en él en cuanto me dieras la espalda?

La expresión de Samantha se endureció.

–Si vas a fastidiarme la visita, preferiría quedarme sola –dijo con frialdad.

André hizo una mueca de pesar y asintió lentamente.

–Tienes razón. Disculpa. ¿Quieres que vayamos a ver el famoso comedor del Bressingham?

Samantha hizo un movimiento afirmativo con la cabeza y él apoyó una mano en su espalda. Al ver que ella se ponía rígida, la dejó caer y subieron juntos las escaleras.

Samantha comprobó enseguida que allí tampoco habían cambiado las cosas. Allí era donde había transcurrido gran parte de su vida en el Bressingham, recordó, emocionada. Era un lugar en el que el bullicio de la conversación se mezclaba con el tintineo de la vajilla de plata mientras los comensales disfrutaban de una comida habitualmente exquisita. Y todo tenía lugar bajo las magníficas arañas de cristal que aún colgaban del techo, perfectamente restauradas.

El viejo piano de cola seguía en el mismo rincón. Las paredes estaban pintadas del mismo color rojo. Si las mesas hubieran tenido los servicios puestos, casi habría creído que estaba allí esperando a sentarse para disfrutar de una cena romántica.

Con el hombre al que amaba.

Sus ojos volvieron a llenarse de lágrimas cuando los recuerdos se agolparon una vez más en su mente.

–Aquí fue donde nos conocimos –murmuró André–. Había venido a comer y tú estabas haciendo de maître...

Ella había apartado la vista de la lista de reservas y se había encontrado mirando al hombre más atractivo que había visto en su vida. Él le dedicó una sonrisa devastadora, alzó una mano para tocarle con suavidad el lazo negro que llevaba al cuello y dijo: «cuidado, que muerde».

–Me dejaste sin aliento –dijo André, interrumpiendo los recuerdos de Samantha–. Tanto que creo que dije algo realmente estúpido, como «cuidado, que muerde», y toqué tu lazo... –Samantha tragó saliva. Él hizo lo mismo–. Cuando retiré el dedo, rocé involuntariamente tu barbilla, y fue como tocar un trozo de cielo...

–No sigas... –dijo ella con voz temblorosa.

–¿Por qué no? –preguntó André, irritado–. ¿Acaso no puede tener su momento de sentimentalismo el magnate despiadado?

–No quiero hablar de ello –contestó Samantha, dolida.

–Pues yo sí.

Antes de que ella pudiera protestar, André apoyó las manos en su cintura y la situó con suave firmeza tras el anticuado puesto del maître. Samantha fue a decir algo, pero las palabras se agolparon en su garganta mientras el recuerdo de uno de los momentos más importantes de su vida se apoderaba de ella.

–Así –murmuró André–, con los ojos bien abiertos y expresión desconcertada, como aquella tarde. Y recuerda a quién estás mirando, *cara* –alzó una mano y apoyó un dedo bajo su barbilla–. ¡Soy el tipo que te vio por primera y se enamoró tan locamente de ti que habría preferido cortarse la garganta a hacerte el más mínimo daño!

Enfadado... estaba asombrosamente enfadado, comprendió Samantha tardíamente. Todo el cinismo y la burla de que había hecho gala aquellos días ocultaba una profunda y ardiente irritación que emanaba en aquellos momentos de sus ojos, fríos como diamantes negros, y de su rostro, que parecía tallado en roca.

–Entonces, ¿por qué me lo hiciste? –preguntó, y si la mirada de André era dura, la suya lo fue mucho más–. Me entregué a ti en cuerpo y alma... ¡y tú me lo arrojaste todo a la cara! Eso no es amor, André. ¿Cómo te atreves a llamarlo así?

–¿Estamos hablando de Raoul o del Bressingham? –espetó él.

–De ambas cosas. ¡De ambas!

En ese momento, se abrió una puerta bajo ellos y una empleada del hotel cruzó el vestíbulo y desapareció rápidamente por la puerta de recepción.

André masculló una maldición, pues la interrupción había arruinado el momento, y sabía que ya iba a ser imposible recuperarlo.

Suspiró y su agresiva expresión se suavizó considerablemente.

–¿Qué quieres ir a ver ahora? –preguntó con frialdad.

Ella movió la cabeza, aún temblorosa por el enfrentamiento.

–No... no sé –confesó–. Decide tú.

Pero André no quería decidir. Lo que quería era zarandearla hasta que recuperara el sentido común.

–¿No te das cuenta? ¿No ves lo que he tratado de hacer aquí?

Samantha asintió.

–Cumplir las condiciones del contrato que firmaste con mi padre.

Él suspiró, frustrado.

–En cualquier momento voy a ponerme a besarte hasta que acabes por abrir de una vez por todas tu mente.

–Ya está abierta.

–No lo está –dijo André, y desconcertó a Samantha alejándose de ella.

Al ver que se marchaba, ella pasó un momento de auténtico terror. «¡No!», quiso gritar. «¡No te vayas! ¡No renuncies a mí ahora, cuando más necesito que me expliques tu papel en todo lo sucedido!»

Él se detuvo y ella contuvo el aliento. ¿Habría hablado en voz alta sin darse cuenta? André se volvió y la miró con gesto inexpresivo.

–¿Vienes?

Samantha sintió un gran alivio, aunque una parte de sí misma habría querido permanecer donde estaba con gesto desafiante.

–Yo... sí –dijo, y se acercó a él con la clara sensación de haber perdido el control de la situación–. ¿A dónde vamos?

–A algún lugar menos emotivo en el que acabar esta conversación –replicó él en tono retador.

Pero no había tal lugar en el interior del hotel. André comprendió el error que había cometido en cuanto entraron en el antiguo despacho del padre de Samantha y vio la expresión demudada de esta. Pensó que tal vez debería esperar y concederle el tiempo que quería para recuperarse adecuadamente antes de abordar los temas pendientes entre ellos. ¿Pero cómo iba a recuperarse sin la ayuda de la verdad?

Irritado, se acercó al bar y se sirvió un whisky.

–¿Ha cambiado algo este despacho? –la voz de Samantha sonó cargada de emoción.

André dio un sorbo a su vaso antes de responder.

–Aparte de haberlo adaptado a las exigencias del Ministerio de Sanidad, no –contestó, sin añadir que él dio orden de que no se cambiara nada a no ser que fuera imprescindible hacerlo. Cuando se volvió, vio que Samantha deambulaba por el despacho, tocando las cosas con gran delicadeza–. Hablemos de tu padre –añadió.

Los ojos de Samantha se iluminaron al instante, pero se apagaron con la misma velocidad.

–Adoraba este lugar –dijo, y suspiró trágicamente.

–Pero te adoraba aún más a ti, *cara*...

Si la hubiera golpeado con un látigo, Samantha no se habría mostrado más ofendida.

–¿Porque estaba dispuesto a comprarme el hombre al que amaba entregándole este lugar? –sugirió, dolida.

André dejó el vaso en el escritorio, se acercó a ella

en dos zancadas y la tomó por los hombros. Sus ojos brillaban de furia contenida y, con un pequeño zarandeo, la obligó a escucharlo y a creer lo que estaba a punto de decirle.

Ella quiso rebatirlo incluso antes de que empezara a hablar, pero se limitó a mirarlo, paralizada.

–Tú padre no me dio este lugar para comprarme, Samantha –dijo él con firmeza–. Me lo dio porque estaba arruinado.

–¡No! –negó ella de inmediato.

–Sí –insistió él, con tanta calma que Samantha supo que estaba diciendo la verdad–. Tu padre sabía que estaba muy enfermo. Sabía que estaba arruinado y que el Ministerio de Sanidad amenazaba con cerrar el hotel si no invertía millones en ponerlo al día. Así que, ¿quién mejor para pagar los gastos que su rico y enamoradísimo futuro yerno?

El cinismo había vuelto a apoderarse de su tono. Un asombrado horror dilató las pupilas de Samantha.

–¿Crees que te tendí una trampa?

André rio con aspereza.

–No tengo tan poca autoestima –dijo, y volvió por su bebida.

Pero su mano temblaba cuando se llevó el vaso a los labios.

–No te creo –dijo Samantha–. Ese es el motivo por el que no te fiabas de mí... por el que creíste la versión de Raoul y no la mía respecto a lo que sucedió aquella noche.

–Ciñámonos a un problema antes de abordar otro –dijo él en tono cortante.

–Si das un sorbo más a ese whisky, vas a tener que soportar que sea yo la que conduzca hasta casa.

André se volvió, furioso.

–¿Y quién dice que nos vamos a ir juntos?

Su reacción conmocionó a Samantha, que tuvo que sentarse en la silla más cercana. Se llevó una mano a la frente, donde sus confusos recuerdos seguían luchando por hacerse oír.

–En ese caso, explícame lo del Bressingham –murmuró.

Él suspiró y se apoyó contra el borde del escritorio.

–Tu padre sabía que estaba enfermo. Necesitaba dinero y, naturalmente, acudió a mí. Me ofrecí a pagar sus deudas, pero él era demasiado orgulloso como para aceptarlo, de manera que me planteó otra alternativa. Me daría el Bressingham si me comprometía a hacer lo necesario para mantenerlo abierto. Y no debía mencionarte nada al respecto –añadió con cautela.

–¿Por qué?

–¿Tú qué crees? –André suspiró–. Su valiosísima y preciosa hija no debía preocuparse por nada. El día de su boda se acercaba. Había cazado a su príncipe...

–Si no dejas de decir cosas insultantes, corres el riesgo de que te arroje algo a la cabeza.

–La antigua Samantha lo habría hecho sin advertirme.

Pero la antigua Samantha había muerto en una carretera en Devon, pensó ella sombríamente. Y la nueva aún estaba luchando por evolucionar a partir de lo que quedaba de ella.

- Sigue, por favor –dijo.

André se encogió dc hombros.

–Queda poco por decir. Llegamos a un acuerdo por el que yo haría lo que tu padre me pedía. Pero ya que yo también debía tener en cuenta mi orgullo, me negué a tomar posesión del hotel hasta que estuviéramos legalmente casados; por eso tenían esa fecha los documentos que te fueron entregados. Eso me ayudó a justificar lo que estaba haciendo.

–Empezar nuestro matrimonio con mentiras –dijo Samantha.

–Lo siento.

Pero la disculpa de André no bastó, porque no era fácil perdonar... «No», se corrigió Samantha. Era difícil perdonar a las dos personas que más había querido en su vida por haberla engañado como lo habían hecho.

–¿Acaso era tan débil y patética que sentisteis que teníais que protegerme de la fea verdad? –preguntó, dolida.

André apartó la mirada.

–Ese fue el trato. No podía romperlo.

–Y en lugar de ello rompiste los votos que me hiciste al casarnos –concluyó ella. Entonces recordó que André había sospechado que ella estaba al tanto del trato de su padre.

Una conspiración en silencio. Sonrió sombríamente al pensar en ello. Incluso el testamento de su padre había sido cuidadosamente redactado, con una simple línea en la que dejaba «todo lo que poseía» a su hija. André se había ocupado de los detalles, y a ella no se le ocurrió interrogarlo al respecto en ningún momento. Para él, eso debió ser una prueba suplementaria de su implicación.

«Qué tela de araña tan enmarañada», pensó, y se puso en pie.

–Si eso es todo –dijo con voz ronca–, creo que me gustaría irme.

–¿A dónde?

–A casa, a hacer el equipaje. No creo que quede nada más por decir.

–En eso estás muy equivocada –dijo André con brusquedad–. No hemos hecho más que empezar con las explicaciones. Y si crees que voy a quedarme cruzado de brazos viendo cómo vuelves a abandonarme, estás muy equivocada.

–La primera vez no me viste.

–Raoul –murmuró André–. Todo vuelve siempre a Raoul.

«Raoul, sí, Raoul», asintió Samantha en silencio. Raoul, que había ido a vivir con ellos en Londres pocas semanas después de su boda. Raoul, que había simulado adorar a su hermanastro cuando en realidad sentía un profundo rencor por él, por su dinero, por su poder, por su esposa inglesa. Raoul, el pariente pobre, nacido del padre equivocado... según él. Habría querido ser un Visconte, pero no le quedó más remedio que conformarse con ser un Delacroix.

–Por si te sirve de algo saberlo, Raoul lo siente.

–¿Lo siente? –Samantha miró a André con gesto despectivo.

–Está profundamente avergonzado de sí mismo.

Ella sintió de nuevo el burbujeo de la rabia en su interior.

–Abusó de mi amistad, de mi hospitalidad, de mi matrimonio y de mí –dijo con frialdad–. Espero que viva con esa vergüenza el resto de su vida.

–Así será –confirmó André.

–¿Y quieres que me apiade de él por eso? ¿Es eso lo que tratas de decirme?

–La piedad es mejor que la amargura, *cara*. Lo sé

por experiencia. Mira lo que la amargura nos hizo a nosotros.

De manera que estaba admitiendo que había creído que ella había formado parte del plan de su padre.

–Creo que te odio –murmuró ella, y se volvió.

–¿Solo lo crees?

–Vete al diablo, André –espetó Samantha, y a continuación se encaminó cojeando hacia la puerta, aunque muy a su pesar, pues su leve cojera arruinó en parte su digna salida.

Fuera, comenzaba a haber el ajetreo típico de las tardes en un hotel. Si el piano hubiera empezado a sonar en aquellos momentos a sus espaldas, probablemente se habría desmoronado allí mismo.

–Se fue a Australia –dijo una profunda voz a sus espaldas, y Samantha se detuvo cuando estaba a punto de terminar de bajar las escaleras–. Pensé que te habías ido con él, así que os perseguí. Fui a matarlo –admitió André–. Luego, pensaba estrangularte. Al menos ese era el plan. Pero las cosas no salieron así. Encontré a Raoul en un rancho perdido en medio de la nada. Se había escondido allí porque sabía que iría tras él, pero no le sirvió de nada –suspiró brevemente antes de continuar–. Pero en realidad había ido por ti. Al comprobar que no estabas con él, me hundí y lloré como un bebé desconsolado... ¿Alivia tu dolor saber eso, *cara*? –preguntó desapasionadamente–. Por retorcido que parezca, la experiencia sirvió para que Raoul se hiciera un hombre. También se desmoronó y lloró conmigo. Luego, me contó la verdad de lo que había hecho y, mientras yo trataba de asimilarlo, volvió a desparecer y dejó que me enfrentara a solas con la desagradable verdad de lo que te habíamos hecho entre los dos.

Australia. Samantha recordó dónde había oído mencionar recientemente aquel país. Stefan Reece había visto a André allí un año antes.

–Estabas en Australia cuando sufrí el accidente.

–Durante dos meses –la voz de André se acercó–. Ese fue el tiempo que me llevó localizar a Raoul. Pero solo tarde treinta segundos en enterarme de lo estúpido e imperdonable que había sido mi comportamiento contigo. Para cuando regresé a Londres, tu rastro había desaparecido por completo, y entre desear que estuvieras en el infierno por haberme dejado como lo hiciste y desear que al menos me llamaras para decirme que estabas bien, los días fueron transcurriendo lenta y dolorosamente –suspiró una vez más–. Entonces, hace unos días, Nathan Payne me llamó a Nueva York con noticias sobre ti y de pronto sentí que mi vida volvía a comenzar.

–¿Y Raoul?

–Aún está escondido en algún sitio, esperando redimir su culpa. Tengo noticias suyas de vez en cuando, pero aún no se ha reconciliado consigo mismo.

El aliento de André acarició la nuca de Samantha, que se estremeció ligeramente.

–Lo has perdonado –dijo.

–Después de haber aprendido a perdonarme a mí mismo.

–No me toques –dijo ella al oír que André se movía a sus espaldas. Cuando la tocaba, perdía el contacto con su sentido común.

–No iba a hacerlo –replicó él, porque sabía cómo afectaba a Samantha que la tocara, y estaba tratando de jugar limpio–. Solo quiero que consideres la posibilidad de perdonar a Raoul algún día, aunque no puedas llegar a perdonarme a mí.

Y el perdón era una parte fundamental del proceso de sanación de Samantha; eso era lo que trataba de decirle.

Ella pensó que ya había perdonado a André por parte de lo que había hecho, aunque hasta ese momento no lo había sabido. En cuanto a Raoul... descubrió que podía sentir lástima por él, pero no podía perdonarlo. La asustó mucho cuando la tumbó a la fuerza en su cama, y no podía perdonarle las mentiras que contó a André para salvarse. Aquellas mentiras habían ayudado a arruinar su matrimonio... y a ella misma como persona.

–Para hacerte daño me dio copias del acuerdo al que llegaste con mi padre –murmuró.

–Lo sé –dijo André, y no trató de justificar lo que había hecho Raoul.

Samantha empezó a sentir un intenso dolor de cabeza que le impedía pensar con claridad. Dejó caer los hombros y soltó un tembloroso suspiro.

–Ya has tenido suficiente por hoy –murmuró André–. Vamos, voy a llevarte a casa.

«A casa», repitió ella en silencio, y no trató de discutir. Avanzó y él la siguió sin tocarla.

El dolor de cabeza llegó a ser tan fuerte, que apenas pudo subir las escaleras sin ayuda. Sin embargo, André no intentó ayudarla. Era como si hubiera convertido en una cuestión de honor el no tocarla sin su consentimiento.

Pero permaneció muy cerca de ella hasta que entró en el dormitorio, y no se fue hasta que vio cómo tomaba los dos analgésicos que sacó de un bolsillo y le dio junto con un vaso de agua. Después, ella se desnudó y se metió en la cama con el ceño ligeramente fruncido, pues acababa de darse cuenta de que los analgésicos deberían haber estado en su mesilla de noche, y no entendía cómo se había hecho André con ellos.

Se quedó dormida pensando en aquel inofensivo enigma.

Capítulo 13

ANDRÉ estaba sentado en su estudio, tras el escritorio, con los pies apoyados sobre este, la cabeza echada hacia atrás y los ojos cerrados. Desde que había dejado a Samantha en el dormitorio había estado trabajando, más que nada para no pensar.

Pero ya había tenido suficiente. El trabajo podía irse al diablo. Lo que de verdad le importaba en aquellos momentos era su matrimonio, y si sentía la necesidad de regodearse en sus problemas durante un rato, ¿por qué no hacerlo?

De pronto, oyó un suave ruido en las escaleras. Abrió los ojos pero no se movió. Esperó a ver qué hacía Samantha. La luz del estudio salía por la puerta entreabierta, de manera que deduciría que estaba allí.

Pasaron varios segundos sin que se oyera el más leve ruido. Estuvo a punto de levantarse para comprobar qué estaba haciendo, pero se negó a ceder. Era Samantha la que tenía que dar el paso, no él.

Finalmente, oyó un ruido. Su corazón dejó de latir. Sus dedos se cerraron con fuerza en torno al bolígrafo que sostenían. La puerta empezó a abrirse. ¿Estaría vestida para quedarse o para irse?, se preguntó mientras sentía un cosquilleo de anticipación por todo el cuerpo.

Entonces Samantha apareció en el umbral y André tuvo que reprimir un suspiro de alivio. Vestía una de sus cortas batas de seda de color rosa y su pelo caía revuelto en torno a su rostro y hombros.

–Hola –murmuró, incómoda–. Si no te importa, voy a prepararme el desayuno.

André miró su reloj.

–Son las nueve de la noche.

–Lo sé –ella se encogió de hombros, tensa–. Pero me apetece un plato de avena con miel. ¿Quieres un poco?

–No, gracias –contestó André, aunque se arrepintió de inmediato al ver que Samantha se limitaba a asentir antes de volver a salir.

Era la primera invitación real que le hacía desde su reencuentro y a él no se le había ocurrido otra cosa que rechazarla. «Eres un estúpido», se dijo. Se había quedado sin una buena excusa para ir tras ella, para estar a su lado...

Volvió a cerrar los ojos y trató de relajarse. Al cabo de unos minutos, con un gruñido de frustración, se puso en pie y fue a buscarla. La encontró en la cocina, de pie frente al microondas, contemplando cómo giraba en su interior un cuenco con avena y leche.

–Tu padre te desheredaría si pudiera verte preparando la avena de esa manera –dijo.

Ella lo miró, sonrió brevemente y apartó la vista.

–El pobre creía que la avena que solía desayunar estaba preparada a la antigua usanza, pero no era así.

–¿Has encontrado la miel?

–Todavía no.

André fue a abrir el armario en que guardaba la miel y vio que había un recipiente con agua hirviendc y la tetera preparada a su lado.

–Si no te importa, tomaré una taza –dijo en tono desenfadado.

–Por supuesto –contestó Samantha. Se acercó a servir el agua en la tetera y la llevó a la mesa antes de sacar la avena del microondas.

André sacó dos tazas y las dejó en la mesa. Esperó a que ella se sentara para ocupar una silla enfrente. Luego, tomó el frasco de la miel, lo abrió y lo dejó a su lado. Ella tomó una cucharilla.

Sin poder evitarlo, André sonrió.

–Estamos acabando el día como lo hemos empezado –dijo para explicar su sonrisa.

–Entre medias han pasado muchas cosas –replicó Samantha.

–¿Qué tal tu dolor de cabeza? –preguntó André tras permanecer unos momentos en silencio.

–Ha desaparecido. Creo que el sueño ha dado a mi cabeza la oportunidad de poner su sistema de archivos en orden –Samantha introdujo la cucharilla en el tarro de miel y luego fue derramando esta en su cuenco de avena.

André sintió que la boca se le hacía agua. No sabía por qué, pero el calor que empezó a sentir en determinadas partes de su cuerpo le dijo que no le estaba pasando aquello porque le gustara el aspecto de la miel. La causante era Samantha...y lo que estaba haciendo con la miel.

–Tenías razón sobre una cosa que has dicho hoy –murmuró ella.

–¿Solo sobre una cosa? Debo estar perdiendo facultades –bromeó André–. ¿De qué se trata?

Samantha deslizó la lengua por la cucharilla para eliminar la miel sobrante. Pudo ser un gesto deliberado... o no. En cualquier caso, el cuerpo de André reaccionó de inmediato.

–La amargura puede ser tan dolorosa como el hecho que la causa –dijo Samantha, y a continuación volvió a chupar la cuchara con la punta de su lengua.

André trató de no hacer caso de la inmediata reacción de sus hormonas.

–¿Y qué has decidido hacer al respecto? –preguntó.

Ella se encogió de hombros.

–Supongo que tratar de superarla –dijo, y a continuación hundió la cucharilla en la avena y comenzó a comer.

Para distraerse, André tomó la tetera y sirvió té en las dos tazas. Entonces pensó, «al diablo con todo», y decidió no andarse con rodeos.

–Yo también he estado pensando –dijo mientras empujaba una de las tazas hacia Samantha–. ¿Se te ha ocurrido pensar que, si no hubieras sufrido ese accidente y hubieras perdido la memoria, probablemente habrías acabado por volver aquí?

–Lo sé –Samantha sorprendió a André con su respuesta, y volvió a sorprenderlo con una pícara sonrisa–. He recuperado la memoria –le recordó–. Me está contando un montón de cosas que había olvidado.

André le habría preguntado a qué se refería, pero no se atrevió a hacerlo por si no le gustaba la respuesta. De manera que se ciñó al tema que había sacado a relucir.

–¿No te parece que, si hubieras vuelto, habríamos tenido que pasar de todos modos por lo mismo que estamos pasando ahora? Solo que tú habrías estado enfadada en lugar de asustada y desconcertada, y yo habría estado cavando mi propia tumba a base de mantener mi altiva posición como víctima, porque el orgullo me habría impedido reconocer que estaba equivocado. Eso habría implicado que habría tenido que arrojarme a tus pies para pedirte perdón.

–¿Y lo habrías hecho? –preguntó ella con curiosidad.

–¿No he estado haciendo eso de un modo u otro? –replicó él.

–¿Cuándo? –Samantha sustituyó la cucharilla de la miel por la que tenía en la taza–. ¿Cuándo te has arrojado a mis pies y me has pedido perdón por algo? –preguntó mientras volvía a introducir lentamente la cucharilla en el tarro de miel.

André sintió cómo se tensaba su entrepierna al anticipar otra ronda de tormento sensual. La avena había desaparecido, de manera que solo había un lugar en que introducir la cucharilla.

–Métete esa cucharilla en la boca y te haré una demostración completa de cómo se arrastra un hombre ante los pies de una mujer –murmuró.

La cucharilla quedo suspendida a medio camino entre el tarro de miel y la boca entreabierta de Samantha. El aire empezó a crepitar. Si aquella cucharilla seguía su camino, André supo que no podría echarse atrás.

«Si se mete la cucharilla en la boca voy por ella. Si no, me coceré en mi propia frustración».

Los ojos de Samantha comenzaron a brillar. Los de André comenzaron a arder. Ella se llevó la cucharilla a la boca. Él se puso en pie y rodeó la mesa. Ella solo tuvo tiempo de dejar la cucharilla y gritar:

–¡No, André!

–Mentirosa –dijo él, y a continuación la hizo ponerse en pie y la besó con apasionado ardor.

Samantha se derritió como se había derretido la miel en su boca. Despacio, con suavidad, con sensualidad y dulzura. André la estrechó entre sus brazos y apenas apartó unos centímetros sus labios de los de ella.

–Has estado buscando esta reacción desde que has bajado las escaleras –dijo en tono acusador.

–¡Eso no es cierto! –protestó ella.

–¿No? Entonces, ¿por qué te has puesto esa bata tan corta? ¿Y por qué no llevas nada debajo? –al ver que Samantha se ruborizaba, André la miró como un tigre a punto de devorar a su presa–. Sabías que estaba sentado en el estudio, preocupándome por ti. Sabías que estaría esperando como un perrillo faldero a que me dieras permiso para saltar. Y he saltado, así que, a ver si ahora te gusta en qué se convierte el perrillo faldero cuando está excitado.

–¡No eres ningún perrillo faldero! –dijo ella con ferocidad–. ¡Más bien eres un lobo carroñero que se alimenta de los que son más débiles que tú!

André suspiró cansado.

–¿Volvemos a hablar del Bressingham y de tu padre –preguntó.

–Y del Tremount. ¡Y de las mentiras! –los ojos de Samantha destellaron–. ¡Y de tu arrogante creencia de que solo necesitas tocarme para que me someta a tu voluntad!

–Me disculpo por la mentiras, pero no por el Tremount –dijo André–. Y la última verdad que has dicho es tu cruz, *cara*, no la mía.

Y para demostrárselo, volvió a besarla. Ella se inclinó hacia atrás, se derritió, gimió, lo maldijo... y le devolvió el beso como si su vida dependiera de ello. Él la tomó en brazos y salió de la cocina sin apartar sus labios de los de ella.

La cama los esperaba, con el edredón retirado y la marca del cuerpo de Samantha aún impresa en la sábana. Él la dejó allí y finalmente rompió el beso para poder desnudarse.

Samantha se limitó a permanecer donde la había dejado, contemplándolo.

–Si quieres que pare, dilo ahora –murmuró él.

–¿De qué serviría? –preguntó ella–. Ambos sabemos que solo tienes que besarme para hacerme cambiar de opinión.

¿Había habido resentimiento en su voz? No, decidió André, no resentimiento, pero sí resignación... aunque sus ojos verdes se habían oscurecido lánguida y sensualmente.

–En ese caso, quítate la bata –ordenó.

¡Samantha ni siquiera se molestó en protestar por su tono autoritario! Se limitó a obedecer y, tras dejar la bata a un lado, siguió con lo que estaba haciendo: contemplar cómo se desnudaba él.

Su mirada descendió cuando André empezó a quitarse los pantalones... y siguió mirándolo con el sensual descaro de una mujer que sabía lo que la esperaba.

Él estaba muy excitado y, como ella, fue bastante descarado al respecto. Cuando fue a tumbarse en la cama, ella alargó una mano, tomó su miembro en ella y lo acarició. La caricia dijo «hola, eres mío». Y la apasionada respuesta de André dijo «sí, lo sé».

Después, ella le dio la bienvenida entre sus brazos.

–Creo que me has tendido una trampa ahí abajo –dijo él, suspicaz.

–Mmm. ¿Y qué esperabas? ¿Que anunciara a voces que había renunciado a luchar y que había decidido perdonarte?

–¿Y a qué ha venido ese repentino cambio? –preguntó André mientras deslizaba un dedo por su mejilla.

–Simplemente he despertado y ya no estaba enfadada contigo. De manera que he decidido seducirte. Siempre funcionó en el pasado cuando habíamos tenido una pelea.

–Pero esta no ha sido una pelea normal.

–No –los ojos de Samantha se ensombrecieron un momento–. Pero también he despertado recordando cuánto te quiero. Soy víctima de mis propias emociones. Si lo piensas bien, resulta muy trágico.

–Pequeña mentirosa –murmuró André–. Has despertado recordando cuánto te quiero yo. No creas que no recuerdo tu petulante sonrisa mientras tomabas la miel –la tomó entre sus brazos y la atrajo hacia sí hasta que sus bocas quedaron prácticamente unidas.

–Te amaba más de lo que ningún hombre merece ser amado –susurró ella con tristeza–, y tú me arrojaste mi amor a la cara.

–Lo sé –dijo André con total sinceridad. Aquella era una verdad cuyo peso había tenido que soportar durante doce largos y tristes meses–. Pero me enamoré de ti tan rápida y profundamente, que me quedé sin aliento –confesó–. Conocerte fue totalmente desconcertante. Eras mucho más joven, impulsiva e imprevisible que las mujeres con las que estaba acostumbrado a salir. Flirteabas con cualquier hombre que te lo permitía, te burlabas de mí... Yo estaba tan fascinado como enfurecido por la facilidad con que conseguías que los hombres revolotearan a tu alrededor.

–Trabajaba en un hotel –le recordó Samantha–. Parte de mi trabajo consistía en ser amable con los huéspedes.

–Fuiste coqueta desde que naciste –dijo André con ironía–. Esa información me la dio nada menos que tu padre. Me ponía tan celoso cada vez que te veía comportarte así con algún otro, que a veces sentía la tentación de comportarme como un cavernícola y llevarte a rastras por el pelo.

–Nada de eso te daba derecho a decirme lo que me dijiste cuando me encontraste con Raoul –dijo Samantha, dolida.

André suspiró y la besó a modo de disculpa.

–Raoul no solo jugó contigo –admitió–. A menudo solía hacerme comentarios aparentemente inocuos sobre los hombres con los que te había visto. A mí no me importaron sus comentarios mientras dormías entre mis brazos cada noche. Pero cuando tu padre murió, estuviste tan inconsolable que no me permitías acercarme. Eso me dolió, *amore*, porque entretanto seguiste riendo y bromeando con otros hombres.

–Hombres que no esperaban que me acostara con ellos –respondió Samantha–. Y yo podía dormir contigo, pero no... –se interrumpió porque las lágrimas atenazaron su garganta.

André le acarició el rostro con delicadeza.

–Lo sé. Lo comprendo. Te enfrentabas a demasiadas emociones como para dejar lugar para lo que creías que yo quería de ti.

–Siempre era sexo, André –susurró ella–. Cada vez que te miraba, veía el deseo ardiendo en tus ojos y...

–No era deseo de sexo –interrumpió él–. Era deseo de compartir contigo tu dolor. En cuanto al sexo, te di lo que solo parecías desear de mí, cosa que hizo que me sintiera como un magnífico semental, pero que no sirvió para cubrir mis necesidades emocionales. Solo quería que me amaras.

Samantha se irguió de pronto en la cama, claramente irritada.

–¡Yo te quería! ¿Cómo te atreves a sugerir que no te quería? ¡He perdido un año de mi vida porque creía que nunca iba se me iba a permitir volver a amarte!

André alzó una mano, la tomó por la nuca y, sin darle opción a protestar la atrajo hacia sí para besarla... y hacerla callar.

Sus manos encontraron rápidamente su cuerpo, y las de ella el de él. La besó lenta y profundamente, y ella se dejó llevar. Las palabras ya no servían para nada. Aquello lo decía todo. No podían lidiar con el deseo cuando el amor lo rodeaba. Era diferente, especial. Era el verdadero elixir de la vida.

De manera que hicieron el amor con infinita ternura, se acariciaron, se saborearon...

Para André fue terriblemente excitante hacer el amor tanto al cuerpo como a la mente de Samantha. Mirar sus ojos y saber que lo estaba viendo a él, al hombre con que se había casado, fue una experiencia que lo colmó de felicidad.

De manera que le hizo el amor en italiano. Le hizo el amor en francés... porque a ella siempre le había gustado que lo hiciera y él quería devolverle con creces todo lo que había olvidado durante aquel terrible año.

Y ella lo escuchó con cada célula de su cuerpo.

Después, permanecieron abrazados mientras regresaban poco a poco a la realidad.

–Si alguna vez vuelvo a huir vendrás a buscarme, ¿verdad? –susurró ella.

–Siempre –contestó André y ella suspiró, satisfecha.

Durmieron uno en brazos del otro. Cuando André despertó, miró la hora, salió cuidadosamente de la cama y bajó a su estudio.

Cuando regresó, encontró a Samantha sentada en la cama.

–No me digas que acabas de comprar otro hotel entre orgías –bromeó.

Él sonrió.

–No –contestó. Se acercó a la cama y dejó dos paquetes ante ella. Luego se inclinó y murmuró–: Feliz aniversario.

Samantha tardó unos momentos en comprender de qué estaba hablando, y cuando lo hizo, se ruborizó.

–Lo había olvidado –dijo, y su voz sonó como si estuviera a punto de llorar.

–Son mi regalo para ti; yo ya he tenido el mejor regalo que podías haberme hecho –André sonrió cariñosamente–. Abre este primero, porque pertenece al aniversario del año pasado.

Con manos temblorosas, Samantha abrió el paquete. Cuando vio lo que había en su interior, sus ojos se llenaron de lágrimas. Eran las escrituras del Bressingham.

–No... –sollozó–. No tienes por qué hacer esto.

–Lo hice hace tiempo –replicó André–. Más o menos una hora después de que tu padre me entregara el hotel –añadió con delicadeza.

Tan impredecible como siempre, Samantha se volvió hacia él como una gata salvaje.

–¿Por qué no me lo has dicho antes? –exclamó–. ¡Después de todo lo que te he dicho, ahora me siento como una completa estúpida!

–Bien –André volvió a besarla–. Te lo mereces por haber dudado de mí.

–¿Y tú no dudaste de mí?

–No vamos a volver a hablar de eso –dijo él con firmeza–. Es nuestro aniversario, así que abre el segundo paquete.

A pesar de no estar muy segura de querer hacerlo, Samantha obedeció.

–No puedo creerlo –susurró mientras miraba las escrituras del Tremount.

–Creo que estos dos paquetes pueden convertirte en un miembro oficial del club de los magnates –dijo André, y añadió–: Toma, creo que este es un buen momento para devolver esto a su lugar...

«Esto» resultó ser una sencilla alianza que introdujo en el dedo de Samantha seguida de una sortija con una esmeralda rodeada de diamantes.

Samantha se quedó mirando los anillos durante tanto tiempo, que no se sorprendió cuando André dijo:

–¿Ni siquiera voy a recibir un beso de agradecimiento?

Ella agitó la cabeza.

–Voy a llorar.

–¿Te sentirás mejor si lo haces?

–No.

–De acuerdo –murmuró André, y la hizo tumbarse con suavidad sobre el colchón antes de inclinarse para reclamar su beso.

Cuando terminó, permaneció sobre ella, mirándola a los ojos.

–El Bressingham siempre fue tuyo. Nunca lo consideré mío. Pero el caso del Tremount es diferente –admitió–. Lo he comprado para agradecerle que haya cuidado de ti mientras debería haber estado haciéndolo yo. Y te lo he regalado para pedirte disculpas por haber dudado de ti.

–Raoul es tu hermano y tú lo querías... como yo quería a mi padre –Samantha se irguió y besó a André en los labios–. Ninguno de los dos esperábamos que nos engañaran.

–El engaño de tu padre tenía buena intención. El de Raoul no. Y no olvides que yo también te mentí.

–Pero quiero olvidar –dijo Samantha–. Teniendo libertad para elegir, quiero olvidarlo todo. ¿Podemos hacerlo?

–Por supuesto –contestó André con ternura–. Estoy dispuesto a hacer todo lo que quieras mientras me sigas mirando así... Y lo de la miel ha sido increíble, por cierto.

Samantha supo que aquella era una de sus tácticas para distraerla, pero dejó que se saliera con la suya.

–Lo vi una vez en la televisión –confesó con una sonrisa–. Siempre quise probarlo contigo, pero hasta hoy no había surgido la oportunidad.

André arqueó las cejas.

–¿Te gustaría intentar alguna otra cosa?

–Muchas –dijo Samantha, y sus ojos se oscurecieron visiblemente–. Regalo de aniversario número uno en marcha –anunció–. Creo que esto va gustarte.

Y así fue.

El marine Jeff Hunter jamás habría podido imaginar las palabras con las que lo iba a recibir Kell
Rogan a su vuelta a casa. La noticia de que tenía un
hija hizo que le temblaran hasta las botas de militar
pero, una vez tuvo a la pequeña en brazos, supo qu
haría cualquier cosa para conservar tanto el amor d
la niña como el de la madre.

Sin embargo, Kelly rechazó su proposición porqu
no quería obligarlo a aceptar sus responsabilidade
como padre. Jeff nunca había sentido por una muje
lo que ahora sentía por la madre de su hija. De u
modo u otro, tenía que demostrar que su comporta
miento no estaba impulsado por el deber, sino por
amor.

PÍDELO EN TU PUNTO DE VENT